二人で始める世界征服

おかざき登

MF文庫J

口絵・本文イラスト●高階@聖人

プロローグ

それは、高校進学が決まった春休みのことだった。

志望校合格に浮かれて遊び倒した帰り道、僕は近道をしようと入り込んだ寂《さび》れた裏道で、かなり奇異な光景に遭遇してしまった。

白と黒の警察車両を思わせる、車体に警備会社の名前が入ったワンボックス。そんな車が駐《と》まっていた。いや、幾人かの人影に囲まれ、むりやり止めさせられていた。

その後ろには尻《しり》を合わせるように真っ赤なワンボックスが駐まっていて、二名ほどの男が警備会社の車から運び出した荷物を赤い車へと投げ込んでいた。

警備会社の車の側《そば》にはやはり三人の男たちが立っていて、何人かは手に拳銃《けんじゅう》を持っている。そして、そのうち二人の銃口は、ドアが開けられた運転席へと向けられていた。

男たちは全員、揃《そろ》って黒い目出し帽の上に赤い野球帽を被《かぶ》っていて、上下とも都市迷彩の軍服っぽい服装だった。その野球帽には、全員異なる数字がついていた。

「な……っ!?」

驚いて声を上げた僕に、男たちが気づく。

「誰《だれ》だッ！」

いくつかの銃口が僕の方に向けられる。情けないことに、悲鳴さえ出なかった。なす術《すべ》なく、求められる前にホールドアップする。その銃が本物かどうかはわからないけど、自らの身をもって検証したいとは思わなかった。

「ちょっと、何かあったの？　アクシデント？」

赤いワンボックスから、他《ほか》の男たちと明らかにいでたちの違う人影が降りてくる。ビックリしたことに、それは小学生と言われても驚かないくらい小柄な女の子だった。

ケープとでもいうのだろうか？　フードがついた肩から二の腕くらいまでを覆う赤い布を羽織って、その下には白いブラウスを着て、ベージュのハーフカーゴパンツを穿《は》き、革製のロングブーツを履いていた。首からは、直径が一〇センチ近くありそうな大きな金色の懐中時計をペンダントのようにチェーンでぶら下げている。

フードを目深に被《かぶ》っているせいで顔の上半分はよく見えないけど、ちょっとやんちゃっぽい感じの唇はとても形がよくて可愛《かわい》らしかった。

全体的な印象、赤ずきんちゃんのコスプレ。場にそぐわないことこの上ない。

「あ、隊長。いえ、通行人が」

た、隊長……？

目出し帽男の一人に隊長と呼ばれた彼女は、僕を一瞥《いちべつ》して、「……ふうん」と呟《つぶや》いた。いかんせん顔がフードで隠れているので、何を思ったかなど推測のしようもないけど。

「殺しちゃダメだからね」

彼女は男たちにそう言って、僕にも、

「君も、こんなところに出くわすなんて運がないよね。いい？　馬鹿《ばか》な真似《まね》はしないように。大人《おとな》しくしてれば危害は加えないから」

もちろん、僕としてはうなずく以外に選択肢はない。

「ほら、積み込み急げッ！　これ以上人が来ると面倒でしょッ！」

「へ、へいっ！」

女の子の叱咤《しった》に、男たちは素直に作業のスピードを上げた。

何というか、小さな女の子が威張り散らして、その指図に従う男たちという図は、ちょっと間抜けで緊迫感に欠けている。

「君は、いったい……？」

両手を挙げたまま、『隊長』に思わず訊《き》いていた。

「感心しないなあ、ボク。変な好奇心は猫だけじゃなくって君自身も殺しちゃうぞ？」

女の子が、口元を歪《ゆが》めて笑いつつ言った。銃を持った男たちも、追従するようにニヤニヤと笑みを浮かべる。

自分より年下っぽい女の子に子ども扱いされるというのは面白くない。しかし、男たちに銃を突きつけられている状況では、不満を顔に出すことさえ躊躇《ためら》われた。

「まあ、いいや。どのみち犯行声明は出すんだしね、特別に教えてあげる。あたしたちは犯罪結社『アンシーリーコート』。その中でも随一の実力を誇る実行部隊、レッドキャップ隊よ。あたしはその隊長、リトル・レッドフード！」

うわあ、そのまんまだ……。ちなみに童話『赤ずきんちゃん』の英題は『リトル・レッド・ライディングフード』という。

「俺《おれ》はレッドキャップ隊の隊員三号！」

「同じく四号！」

「同じく六号！」

銃を手にしていた男たちが口々に名乗った。名乗るっていうのかな、これ……？　名乗った男たちを見る限り、口にした数字と帽子の数字は一致しているし。わざわざ名乗る意味もないんじゃないかと思う。

「あー、うっさいッ！　アンタたちはいいから積み込みと警戒に専念すんのッ！」

口々に名乗り始めた男たちを、リトル・レッドフードが一喝《いっかつ》した。

で、男たち……レッドキャップ隊？　が積み込みに無言で従事することしばし。

「隊長、積み込み、終わった」

積み込み作業に従事していたひときわ大柄な、帽子を見る限り五号であろうと思われる男が言った。片言の感じからして、もしかしたら日本人じゃないのかもしれない。

「よし、撤収ッ！」

リトル・レッドフードの号令で、レッドキャップ隊の面々は、機敏な動きで次々と赤いワンボックスに乗り込んでいく。

「ふふん、じゃあね、ボク。死なずにすんでよかったね」

僕にそう言って、リトル・レッドフードは首から下げた懐中時計に手をやりつつ、赤いワンボックスの助手席に入っていった。ドアが閉まると同時に、エンジンがかかる。

突きつけられていた銃口が遠ざかったからだろう、警備会社のワンボックスから、警備員が二人ほど飛び出してきた。

と、その瞬間、走り出した赤いワゴンが僕たちの目の前で消えてしまった。

比喩《ひゆ》でも誇張でもない。本当に、一瞬で掻《か》き消えてしまったのだ。

「な……ッ！」

「ば、馬鹿《ばか》な……」

「そんな……、消えた……？」

僕も、警備会社の二人も、ただ呆然《ほうぜん》と立ち尽くすことしかできなかった。

この後、僕も警備員の通報で駆けつけてきた警察に事情聴取を受けることになった。

そこで聞いた話では、その車は現金輸送車で、中身を『アンシーリーコートのレッドキャップ隊』と名乗るあの一団に根こそぎ持って行かれたのだという。

さらには、車両のドアの鍵《かぎ》はもちろん、現金を守っていたはずの電子錠もあっさりと開けられてしまったのだそうだ。

当初、僕や警備員さんたちの「車が消えた」という証言は信じてもらえなかった。銃を突きつけられたショックで記憶の混乱が起こっているのだ、と解釈されたらしい。

せいぜい、ちょっと信憑性《しんぴょうせい》に欠ける新聞や週刊誌などがおもしろおかしく取り上げる程度だった。

その後も、倉庫荒らしやらパチンコ店の売り上げ強奪など、レッドキャップ隊は荒っぽい犯行を繰り返した。その都度目撃されるのが『赤いワンボックス』で、証言されるのが『車が消えた』とか『いつその車がやってきたのか気づかなかった』とか、そんな類《たぐい》の内容だった。

僕らの証言が信じてもらえるようになったのは、その頃《ころ》になってからの話だ。

消える盗賊団、神出鬼没の犯罪結社。

春休みが終わる頃には、『アンシーリーコートのレッドキャップ隊』という名は日本中に轟《とどろ》き渡っていた。そうなると目撃者も飛躍的に増えていたので、もう僕が注目されることもなくなっていた。

それはつまり、僕にとってその事件は終わったことを意味する。ニュースとしては気になるけれど、それだけ。僕の日常とは関係ない、ニュースの中だけの情報として、その経験自体が記憶の中に埋没していった。

そして僕は……後に再び彼らと関《かか》わり合うことになろうとは夢にも思わずに、高校生活をスタートさせたのだった。

第一章　貧乏クジには福があるか？

「君が赤尾竜太《あかおりゅうた》君か？」

　入学式当日の朝。式典前の時間は教室で待機することになっていた。そこで、掲示板に張り出されたクラス割りを確認し教室に入って、出席番号順に指定された自分の席に荷物を置いた矢先、女の子にそう声をかけられた。

　その子に見覚えはなかった。この学校指定のブレザーを着た、おそらくは今日からクラスメイトになるであろう女の子。三つ編みお下げに眼鏡《めがね》というスタイルにもかかわらず委員長っぽく見えないのは、きっと口元に浮かんだ不敵な笑みのせいだろう。

　背が高い。僕は同年代の男子の平均と同じくらいだけど、彼女は僕と同じくらいか、もしかしたら少し高いようにも見える。背筋がピシッと伸びているのも、背が高く見える要因の一つかもしれない。

　何かスポーツをやっているのか、全体的に引き締まっているようだった。雰囲気的にも、目つきが鋭かったりして、ちょっと尖《とが》ったような印象がある。美人の部類だろうけど、可愛《かわい》いとはちょっと言いにくかった。むしろ格好いいとか言った方が似合っている。

「そうだけど……」

　彼女が素で放っている威圧的な空気に少したじろぎながら、僕は答えた。

名前さえ知っていれば、席を見ていれば僕が当人であることはわかるだろう。ただ、見ず知らずの女の子から声をかけられる心当たりがまったくなかった。

「えーと、何？」

「いや、私じゃなくてな。ほら、千紗《ちさ》。やっぱり彼だそうだぞ」

彼女は背後に向かって言った。と、今まで彼女の背中に隠れていた女の子が、おずおずと歩み出てきた。

似非《えせ》委員長とは対照的に、やや気弱そうな女の子だった。ストレートロングの綺麗《きれい》な髪の毛は、後ろ髪だけでなく前髪も目を隠してしまうくらいに長い。

似非委員長より一〇センチくらい身長が低いけど、女の子として標準的な部類だろう。少し猫背気味で、地味というか野暮ったい感じの子だった。もちろん、こっちの彼女にも見覚えはない。

「あ、あの、赤尾さんは、に、西御堂《にしみどう》幼稚園に、か、通っていらっしゃいましたよね？」

こっちにまで緊張が伝わってきそうなガチガチの口調で、髪の長い彼女が言った。

「え？　うん、通ってたけど……」

僕がそう答えると、彼女の顔がパッと明るくなった。おっと、地味な印象だったけど、笑うとかなり可愛い感じだ。

「あ、あの、入試のときに見かけて、きっとそうだと思っていました！　その優しそうな目とか、面影が残ってるなって。……あ、髪の毛、伸ばしたんですねっ。幼稚園の頃《ころ》はスポーツ刈りっていうか、もっと短くて……」

「は……はい?」

一転、まくし立てられて戸惑う僕を見かねてか、

「ちょっと、千紗《ちさ》。突っ走りすぎ」

と似非《えせ》委員長が彼女を窘《たしな》めた。それでようやく、千紗という名の彼女は「す、すみません」と少し落ち着きを取り戻したようだった。そして唇に人差し指を当てつつ、何を言うべきか考えるように小首を傾《かし》げた後、やや照れ気味に口を開いた。

「あの、覚えてないですか? わたくし、同じ幼稚園に通っていた久喜島《くきしま》千紗です……」

「えーと……その、ごめん。ちょっと記憶にないんだけど」

申し訳ないことに、本当に覚えていなかった。言い訳じゃないけど、幼稚園の頃《ころ》に会っていたとしてもその後一〇年も会っていなければ、よほど仲がよかったか印象的でない限りは覚えているはずがない。

「それはそうか。幼稚園の話ではな」

似非委員長もそう言って苦笑する。

「あ、あの! 指輪を……指輪を探してもらいました!」

食い下がるように、久喜島さんが言った。

「おもちゃの指輪ですけど……」

「あ」

ふと、彼女の言葉通りの記憶が浮かび上がってきた。

砂場で指輪をなくしたという女の子のために、何人かで指輪を探した記憶。最終的には
みんな諦《あきら》めてしまったけれど、泣き出してしまった女の子が気になって、僕はずっと一人
で探し続けたのだ。ようやく見つけた頃にはおやつの時間もとっくに過ぎていて、その後
にずいぶん凹《へこ》んだとか、そんな思い出だ。

「あー。あったあった、そんなこと。じゃあ、君はあのときの」

「はい！」

また、彼女の口元が綻《ほころ》ぶ。ちょっと頬《ほお》を染めたその笑顔に、僕は思わずドキッとしてし
まっていた。

「あの、……あのときにはお礼も言えなかったので、ずっと気になっていたんです」

「え？　あ、あはは、それはどうも。でも、何も一〇年越しでお礼を言われるほどのこと
じゃないよ」

頭を掻《か》いて照れを隠しながら、言った。

「何を言っている、口実だ、口実。何しろ千紗はそれが初こ……」

ニヤニヤと笑いながら似非委員長が言いかけたところで、

「なっ、ちょっ、姫《ひめ》ちゃん何言ってるんですかッ！」

と、久喜島さんがすがりつくようにして、大慌てでその言葉を遮った。

「な、何でもないですからッ！　い、今のは、その、なしですッッッ！」

顔を真っ赤にして久喜島《くきしま》さんは言った。というか、叫んだ。なしも何も、最後まで聞いていないんだから意味なんかわかりはしないのに。

そこへ、

「何やってんだ、竜太《りゅうた》ァ！　初日ッから女の子に声かけたりして、高校生になったからって色気づいてんじゃねーぞぉ！」

と、背後から尻《しり》に蹴《け》りを入れられた。えらくいい音が教室に響き渡る。

「いっ……！」

涙目で振り返ると、そこには予想通りのチンチクリンが立っていた。一五〇センチに満たない背丈、生意気そうでいたずらっぽい笑みを湛《たた》えた童顔、本人はツインテールだと言い張っている、むりやり左右に分けて結んだだけの髪。

小学校以来の腐れ縁、片桐《かたぎり》ありす。高校にきてまでこいつと同じクラスとは、まったくもって運がない。

それにしても、似非《えせ》委員長と並ぶと、ありすの小柄さがやけに目立って見える。まるで大人《おとな》と子どもだ。同じ学年とはとても思えない。

いや、背丈のみならず、ありすの何と平坦《へいたん》なことか。発育不良もいいところだ。まして比較対象が近くにいる状態では、余計にそれが際立って見える。似非委員長も久喜島さんも、それほどすごいプロポーションというわけではないだろうに。

……ない、だろう……に……？

……いや、前言撤回。久喜島さんの地味な印象と猫背気味の姿勢に騙《だま》されそうになったけれど、ネクタイの下の胸のふくらみは相当なものだ。おまけに腰もかなり細いっぽい。似非委員長も似非委員長で、胸は久喜島さんには及ばないものの、そのスレンダーさの恩恵でモデル並みに均整が取れている。これは、悪いけどありすに勝ち目はないな。

……なんて僕のやましい視線をよそに、「ほう」と似非委員長から感嘆の声。

「体重の乗ったいい蹴りだな。なかなかやる」

「お、わかる？　アンタこそ眼鏡《めがね》のわりに見る目あるじゃん」

悪気はないのかもしれないけど、なんてもの言いだ。

「あのなー、いちいちあいさつ代わりに人を蹴るの、やめろよ！」

「大丈夫大丈夫、竜太は男の子だからへっちゃらだ。竜太以外は蹴らないし」

……なんだそりゃ。ってか、僕だけってのが余計にむかつくんですけど。

「で、そちらは？」

ありすがクリクリとよく動く大きな目で、似非委員長と久喜島さんを交互に見た。

「ああ、彼女は僕と同じ幼稚園に通ってた、久喜島千紗《ちさ》さん。で、えーと……」

言いかけて、似非委員長については名前さえ聞いていないことに気がついた。同じことに気がついたのだろう、久喜島さんが、

「あ、彼女は高槻姫乃《たかつきひめの》、中学時代からの親友です」

と似非委員長を紹介してくれた。

「親友とか、そういうベタベタした関係はあまり好きじゃないんだが……ま、どうやら同じクラスらしいから、よろしくな」

「よろしく。あたし、片桐《かたぎり》ありすね」

似非《えせ》委員長……もとい、高槻《たかつき》さんを見上げつつ、ありすは言った。そして直後に教室の壁にかかった時計を見て、

「うわ、もうこんな時間だ。竜太《りゅうた》、これあたしの席に置いといて」

一方的に言って、僕に鞄《かばん》を押しつける。

「いいけど……何で」

「色々あんのよ。奨学金の手続きとか、新入生代表のあいさつとかも頼まれてるし。じゃあ、そういうわけだからっ」

ツインテールと呼ぶには短すぎる二つの尻尾《しっぽ》を翻《ひるがえ》して、ありすは駆け足で教室から出て行ってしまった。いつものことながら、慌ただしいヤツだ。

「あの、今の彼女とはどういう……？」

なぜか少し不安げな表情を浮かべた久喜島《くきしま》さんにそう訊《き》かれた。

「どうって？」

「いえ、その……、もしかして、つき合ってたり、とか……」

「はあ？　僕とありすが？　あはは、ないない！　小学生の頃《ころ》からずっと今の調子で虐《しいた》げられてるってだけの幼馴染《おさななじ》みだよ」

「あ、そうなんですか……」

何だか久喜島さんはホッとしたような様子だ。

「にしても、奨学金、か」

高槻さんがありすが出て行ったドアの方を見やりながら呟《つぶや》いた。

「あ、うん。あいつ、両親がいないから。色々と苦労があるみたいだよ、ああ見えても。この春からバイトも始めてるそうだし」

校則でアルバイトは原則禁止されているが、家庭の事情などの理由で許可が下りるケースがある。ありすの場合、誰《だれ》がどう審査しても許可を下ろさざるをえないくらいの惨状であるらしい。それで、あいつは春休みから喜び勇んでバイトに精を出しているのだ。聞いた話によると、いくつものアルバイトを掛け持ちしていて、えらく忙しいらしい。

とはいえ、勤務先はもちろん業種も、一個たりとも教えてくれない。確かに冷やかしに来られたりするのもイヤだろうから、わからなくはないんだけど。

「そんな状況なのに、この学校なのか」

高槻さんが首を傾《かし》げた。私立高校なのだ。確かに、公立高校より学費が高い。

「色々優遇されるくらいには優秀なんだよ、あいつ」

「あ。そういえば、新入生代表のあいさつとかって言ってましたよね。ということは、もしかして、入試でトップだったってことですか……？」

「ああ、そうかも。あいつならありうるなあ」

超がつくほどの努力家で、頑張り屋なのだ。それに、危機感のようなものも違うのかもしれない。親が遺《のこ》したいくらかのお金はあるそうだけれど、勉強するために自分でお金を稼いだりもしているのだ。勉強に対する姿勢や取り組み方が周囲とまるで違っている。

私立であるにもかかわらず、ありすがこの高校を選んだのは、近隣で一番レベルが高いからだと思う。優遇されるとはいっても、公立高校より学費が安くなるとは思えない。それでも、それが将来のための一番の投資になる、と考えての決断なのだろう。

「でも……、あの、そういう境遇でそれだけのレベルを維持して、しかもその上でああして明るく振る舞えるって、すごいですね」

「うん。僕もそう思うよ」

応援したいとも思う。だから、ちょっとくらい蹴《け》られても大目に見てはいる。

「ふうん」と高槻《たかつき》さんは意味ありげに笑みを浮かべながら、久喜島《くきしま》さんを見て、次に僕を見て、そしてもう一度ありすが出て行ったドアの方を見た。

「なるほど。なかなか面白い一年になりそうだ。ま、とにかくよろしく頼む」

「あの、わたくしも、よろしくお願いします……」

高槻さんの言葉に合わせるように、久喜島さんもそう言ってぺこりと頭を下げた。

「あ、うん。こちらこそ」

僕だって男の子である以上は、女の子と仲良くなれれば嬉《うれ》しくないはずはない。だから、高校生活の出だしとしては幸先《さいさき》がいいように思えた。

＊

翌日。

最初にホームルームがあって、クラス委員や各委員を選出する会議が行われた。議長はもちろんクラス委員が務めるわけだけど、これは担任の先生が独断で決めてしまった。まあ、初顔合わせのメンバーでは他薦《たせん》のしようもない。

まず白羽の矢が立ったのはありすだった。間違いなく成績で選んだのだと思う。

しかし、

「あー。あのー、すみませんが、あたし家庭の事情でアルバイトとかしてるんで、放課後残ったりできないんですけど」

その一言であっさりと辞退が認められてしまった。

で、次に選ばれたのが高槻さんだった。後に誰《だれ》もが、選んだ理由は見た目に違いない、と噂《うわさ》したものだ。

残念ながら高槻さんには断るに足る理由はなかったようで、露骨にイヤそうな顔をしながらも前に出てホームルームを仕切り始めた。ちなみに、もう一人選出された男子のクラス委員は、なぜか黒板に向かって書記に徹している。

結局、どの委員会選びも難航したわけだけど、その中でも一番揉《も》めたのが図書委員だった。図書委員には週に一度、昼休みと放課後に図書館のカウンターで貸し出しや返却の手続きをするという仕事があって、他《ほか》のどの委員会より拘束時間が長い、と説明があったのだ。部活をやりたい生徒は決まって敬遠するし、そうでなくてもやりたがる人間などはまずいない。完全に貧乏クジ扱いだ。

「竜太《りゅうた》、アンタやれば？」

もちろん、そんなことを言い出したのはありすだった。

「どうせ図書館にはしょっちゅう行くんでしょ？　中学校でも毎日のように図書室に入り浸ってたわけだし。読書好きっていうか、もう完全に中毒だしね」

クラス中の期待に満ちた目が僕に向けられる。

「……まあ、別にいいけど」

もしありすが言い出さなければ、自分から立候補してもいいかな、と思っていたくらいだった。ありすの言う通り、暇さえあれば本を読んでいるのが僕という人間だ。図書委員になれば、好みの本を優先的に入れてもらえるかも、なんて思惑もあるし。

「じゃあ、赤尾《あかお》君で決定。あとは女子だが……」

委員会は男女各一名ずつ選出することになっているのだ。高槻《たかつき》さんは一度クラス中を見渡してニヤリと笑い、

「千紗《ちさ》。図書委員、やりなさい」

一方的に、しかもピンポイントで久喜島《くきしま》さんに話を振った。

「え？　ええっ？」

いきなり指名されて慌てる久喜島さんに、高槻さんは、

「もう時間もないから、さっさと決断するように。ね、千紗、やりなさい」

と畳みかけた。提案というより、もう完全に命令口調だ。

「……う、うん」

高槻さんの強引さに押しきられるような格好で、久喜島さんは首を縦に振ってしまった。

「はい、じゃあ決まり！」

その後も、高槻さんは出席簿を見ながら、決まっていなかったポストに次々と初対面のクラスメイトを指名していった。

「相沢《あいざわ》さん、貴女《あなた》は風紀委員顔している。はい、決まり。……瀬田《せた》君は美化委員になる星の下に生まれてるから、運命に従いなさい。はい、決まり」

とか、そんな調子で。……それにしても、風紀委員顔ってどんな顔だろう。

指名された人間が「部活が……」とか何とか言い出すと、

「私も部活はやる気でいる。というわけで、却下！　片桐《かたぎり》さんくらいの理由がない限り、反論は全部却下する！」

その強い語気に、クラスの誰《だれ》もが黙り込んでしまった。

「もし文句があるなら、いつでも果たし状を持ってきなさい。放課後はたぶん空手部にいるから、お気軽にどうぞ。強いヤツは大歓迎、異種格闘戦にも喜んで応じるつもりだ」

しれっとした顔で、そんな宣言までしてしまう始末だった。

何ていうか、認識を改めようと思う。似非《えせ》委員長、ではない。ある意味、彼女は委員長に向いている。独裁者として、だけど。

こうして、紛糾していた会議は、終了間際の一〇分間で綺麗《きれい》さっぱりと片づけられてしまったのだった。これを見事というか横暴というかについて、クラスの中でも意見が大きく分かれたことは言うまでもない。


さて、そしてその日の昼休み。

お昼は何を食べようか、と思って席を立った瞬間に、

「さあ、お昼ご飯だぞ、竜太《りゅうた》ァ！」

とか叫びながらありすが足から飛んできた。その跳び蹴《げ》りを思いっきり喰《く》らって、僕は派手に尻《しり》もちをつく。いてて。

一つ溜《た》め息《いき》をついて、尻の埃《ほこり》を払いながら立ち上がった。

「あのさ、少しは慎みってモンを持とうよ。スカートで跳び蹴りはやめた方がいいって」

「はあ？　……あっ！　まさか見たのか、このスケベ！」

頬《ほお》を急速に赤く染めつつ、ありすは猫のように目を吊《つ》り上げて僕を糾弾する。まるで僕が全面的に悪いかのような口ぶりだ。

「いきなり蹴りをかましておいて被害者ヅラってのは、いったいどういう了見だっ」

いい加減にしてほしいものだ、と思う。

と、そこへ高槻《たかつき》さんが久喜島《くきしま》さんを引っ張ってやってきた。

「仲がいいな。ところで、私たちも昼食を取りに学食へ行くんだが、一緒にどうだ？」

断る理由もない。かくして、四人連れ立って学食へと赴《おもむ》くことになった。

学食に足を踏み入れるなり、僕はまずその広さに驚いてしまった。数えたワケじゃない
から正確にはわからないけど、二〇〇人以上が入れるのではないだろうか。いやまあ、そ
れでも全校生徒の数を考えれば足りないんだろうけど。

そして、前庭に面した壁には一面に大きな窓があって、陽《ひ》の光がさんさんと差し込んで
いる。とても開放的で明るい印象だ。

さすがに昼休みなので賑《にぎ》わってはいるものの、席にはかなり余裕がありそうだった。教
室や部室などで昼食を取る生徒もかなり多いのだろう。

「あの、わたくしはお弁当を持参しているので、先に席を取っておきますね？」

お弁当の包みを手にしている久喜島さんが言った。

「あ、あたしも。そのかわり竜太、お茶をよろしくー」

とありす。ふとカウンターを見ると、なるほど、お茶は無料であるらしい。

「はいはい、わかったよ」

手ぶらで来た僕と高槻さんは、食券を買うべく列に並ぶ。少し待たされてトレイに昼食
を載せ、ついでに高槻さんと分担して四人分のお茶を持って席取り組が陣取ったテーブル

に到着すると、ありすは怪訝《けげん》な目を僕に向けてきた。

「竜太《りゅうた》、そんなに食べられんの？」

僕と高槻《たかつき》さんは同じメニュー、スペシャルスタミナ定食だ。焼き肉と鶏《とり》の唐揚げとレバニラ炒《いた》めがセットになった、運動部員御用達《ごようたし》のボリュームメニューなんだとか。高槻さんはどうか知らないけど、ありすの言う通り僕にはかなり荷が重い。

「冗談。これは猛獣の餌《えさ》も込みの量だよ」

言いつつ、僕は席に着くなり、借りてきた小皿におかずの半分を取り分けて、お茶と一緒にありすの前に押しやった。

「賭《か》けてもいいけど、どうせおかずもろくなもんを持ってきてないんでしょ」

しかし、ありすはそんな僕を嘲笑《あざわら》うように、

「甘ーい！　これを見ろっ！」

と、持参した弁当箱を勢いよく開けた。その中に入っていたのは……目一杯に詰め込まれた白飯だった。梅干しどころか漬《つ》け物の一切れすら入っていない。真っ白だ。

「ろくなも何も、おかずなんか一切持ってきてないのだッ！」

同情さえしたくなる貧相な胸を張って、なぜかありすは得意満面で言い放った。

……やれやれ。こいつ、最初ッから僕のおかずを奪う気だったな？

「片桐《かたぎり》さん……。何だか、あまりにアレすぎて目頭が熱くなってきたぞ」

高槻さんが捨てられた仔犬か仔猫を見るような目で言った。

「アレとか言うなー。いざとなったら醤油《しょうゆ》か塩をかければへっちゃらだぞ！　でもま、どうせ竜太には食べきれないんだし、もったいないからコレはもらってあげるのだ！」

言いながら、ありすは舌なめずりをしつつ取り皿を手元へと引き寄せる。せめて礼の一つも言えないのか、まったく……。

「あの、もしよろしければ、わたくしのおかずも分けて差し上げますよ」

久喜島《くきしま》さんも淡いピンク色のお弁当箱を開いた。

可愛《かわい》らしいお弁当箱の外見とはうって変わって、その中には料亭の仕出し弁当かと思ってしまうほど、品がよくて彩り豊かなおかずが並んでいた。そのあまりに美味《おい》しそうな見た目に、ありすはもうヨダレを垂らさんばかりの顔になっている。

「い、いいの？　じゃあ、遠慮なくっ！」

言うが早いか凄《すさ》まじい速さで箸《はし》を伸ばし、ありすは鴨《かも》のロースト的なおかずを一切れかっさらって口の中に放《ほう》り込んだ。

さぞ美味しかろう、と思いきや、ありすの表情が笑顔から苦悶《くもん》のそれへと変わった。

ありすは急いで白飯を一口掻《か》き込み、お茶を一気にあおり、そして席を立ってカウンターのお茶コーナーへダッシュして冷水を立て続けに二杯飲み干し、犬のように舌を出しながら涙目で戻ってきた。ツインテールもどきが犬の耳に見えなくもない。

「あはははは、辛《から》いだろう？　千紗《ちさ》の味覚はおかしいからなあ。ハバネロをそのまま囓《かじ》っても平気なんだから」

若干の同情を顔に出しつつも、高槻《たかつき》さんはおかしそうに笑っている。きっと高槻さんも同じ目に遭ったことがあるのだろう。

「こ、こ、殺す気かっ！　何なのよ、その罰ゲームみたいなお弁当はッ！」

ばん！　とテーブルを叩《たた》き、ありすは涙目のまま叫んだ。

「そんなに辛《から》いの？　全然そうは見えないけど……」

「そこが千紗《ちさ》のお弁当の凶悪なところだ。初対面の人間は確実に騙《だま》される」

「えー。普通ですよう」

ありすの非難と高槻さんの酷評に、久喜島《くきしま》さんは不満そうに口を尖《とが》らせた。

「何が普通なものか。毎日毎日、千紗の食事を作るとき、味見するたびにマサコさんは悶《もん》絶《ぜつ》しているそうじゃないか」

「マサコさんって？」

「あ、はい。わたくしの世話をして下さっているお手伝いさんです」

「お手伝いさん……って、もしかして久喜島さんってすごいお嬢様だったり？」

「超がつくほどのな」

うーむ。まあ、確かにお弁当に使われている食材とかは相当高級っぽい。……味つけで台なしになってる気はするけど。

「おのれブルジョワめー、金に飽かせて食材をムダにして……」

冗談めかした言い方ではあるものの、ありすの口ぶりには少なからず恨みがこもってい

た。うーん、どんだけ辛《から》いんだろう。他人には理解できなくても、千紗《ちさ》にとってはそれが好みの味なんだから。

「ムダってことはないだろう。美味《おい》しいのに……。ぐすん」

周囲の異常扱いにいじけつつも、久喜島《くきしま》さんは顔色一つ変えずに激辛おかずを口に運ぶ。

その様子を、ありすは化け物でも見るような顔つきで眺めていた。

*

図書委員の仕事は、カウンター業務以外にも結構雑務が多い。

それで、カウンター組とその他組に分かれるのが慣例なのだという。逆にいえば、カウンター組は週一回、毎週のように昼休みと放課後に拘束される都合上、他《ほか》の雑務は免除されるということらしい。

そして、結論から言うと、カウンター当番は一年生の仕事だ。強要されるわけでもないけど、立場的にイヤだとも言えない空気がある。上級生からの無言の圧力というか。

そんなわけで、僕と久喜島さんも見事にカウンター当番をやることになった。当番はクラス単位でまとめて割り振られるものらしく、僕らの当番は同じ日になっている。まあ、まったく見ず知らずの人と組まされるよりはやりやすいかな、とは思う。

それにしても、私立というのは恐ろしい。特にこの学校は力を入れているんだそうだけど、図書室ではなく図書館なのだ。

完全に独立した、二階建ての綺麗《きれい》な建物だ。しかも、思った以上に広い。

一階には、入ってすぐのところに僕らが務めるカウンターがあり、その前は広いロビーになっていて、有名な学術系雑誌や新聞などが数多く揃《そろ》えられている。他にも、本を持ち込んで読んだり勉強したりできる学習室や視聴覚室、司書教諭が仕事をするための司書準備室、男女トイレなどがある。二階はフロア全体が書架になっていて、高校の規模としてはやりすぎだと思える量の本がところ狭しと並んでいた。

素晴らしい環境だと思う。活字中毒患者としては、もうここで暮らしたいくらいだ。

で、カウンター当番初日。僕は久喜島さんと一緒に仕事の内容についての手ほどきを受けた。

とはいっても、さほど難しいことではない。本には全部ICチップが貼《は》りつけられていて、貸し出しと返却の登録は機械に翳《かざ》すだけなのだ。おまけに貸し出しに使うカードも学生証が兼ねているから、わざわざ作る手間もない。僕たちの仕事は預かった学生証と本を機械に通して、画面でちゃんと登録されたかを確認し、表示される返却期限を伝えるだけ。返却の手続きもほぼ同じだ。

他にも端末を操作して本を探す手伝いをしたり、なんて仕事もあるけど、これだって簡単なものだ。キーワードや書名を入力して検索をかけるだけなのだから。

昼休み、僕たちにカウンター当番の仕事の手ほどきをしてくれた司書教諭の津島響子《つしまきょうこ》先生は、まだ二十代のうら若い先生だった。髪を短く刈り上げて、化粧っ気がなく、何とも面倒臭そうな態度が全開の人だった。

「以上、説明終わり。じゃ、先生タバコ吸ってくるから」

こんな調子だ。ちなみに、司書準備室は常に煙いことで有名なのだそうだ。聞けば、一日に五箱以上吸うへヴィスモーカーなのだとか。

「ま、昼休みはちょこちょこ人が来るけどね。今どきの高校生は放課後にまで図書館になんて来ないから、暇だったら本を持ち込んで読んでたりしてもいいよ。勉強する三年生とかも、放課後は塾とか予備校に行っちゃうしね。一応、ロビーでの私語は禁止されてないからお喋《しゃべ》りしててもいいけど、示しもあるからほどほどに」

確かに、図書委員が率先してうるさくしているというのも問題だとは思う。

「あ、それと」

津島先生はカウンターの中にある司書準備室へのドアノブに手をかけつつ、振り返った。

「別に恋愛禁止とか、不純異性交遊がどうとか野暮を言う気はないんだけどさあ、図書館内ではせいぜいキスまでにしといてね」

その言葉に、久喜島《くきしま》さんは顔を真っ赤にしてうつむいてしまった。

「しませんよ、そんなこと」

僕も僕で、やや照れ隠し気味に言う。

「おーおー、反応が若いわねえ。あっはっは、命短し何とやら、でもちゃんと合意の上でやらないと犯罪だから気をつけるようにね、少年」

そう言って高笑いしながら、津島先生は司書準備室に消えてしまったのだった。

だから、やらないっつーの。


そして放課後。

それなりの緊張感とやることがあった昼休みとは違って、こちらはまるっきり暇な時間だった。津島先生の言葉は正しくて、まず訪れる人がいないのだ。

所在なく、ポツンと二人きり。なるほど、本を持ち込んで読んでいていいよ、などと言っていた意味がわかろうというものだ。

「暇だね」

「……ですね」

あまりの退屈さに、カウンター内の端末に手を伸ばした。気になっていた本や読みたかった本のタイトルを打ち込んで検索をかけてみる。

すると、中学校の図書室では望むべくもなかったレアだったり高価だったりマニアックだったりした本が、全部『貸し出し可』の文字と一緒に表示される。素晴らしい。

「あの、本を読むのでしたら、取ってきましょうか？」

そんな僕の様子を眺めていた久喜島さんが、立ち上がりつつ言った。

「え？　いや、自分で行くよ。悪いしさ」

「いえ、あの、図書館とかあんまり来たことがないので、少し慣れておきたいんです。ついでに、わたくしも何か読む本を探してこようと思っていますし」

「でも……」

「それに、いくら誰《だれ》もいないからといって、二人ともカウンターから離れるわけにはいきませんから」

「それはそうだけど……。じゃあ、お願いしていいかな？　申し訳ないんだけど」

と、一冊の本の情報を画面上に表示させた。

読もうと思っていた中では一番探しやすそうな本だった。何せメジャーな本だし。図書館初心者にあんまりマニアックな本を探させるのも気が引ける。

「いえいえ、お気になさらず。わたくしから言い出したことですから。……この本でいいですか？　えっと、戦争と平和？」

はらり、と落ちた長い髪をかき上げつつ、久喜島《くきしま》さんは僕の後ろから端末の画面を覗《のぞ》き込んだ。

「そう。トルストイ。ロシア文学の棚だから、階段を上がって右手かな」

はい、と返事をして、久喜島さんはカウンターを出て、階段の方へと姿を消した。

司書準備室には津島《つしま》先生がいるし、学習室に生徒が何人かいるのは知っているけど、現状周囲には誰の姿もない。音もほとんど聞こえない。何ともったいない話だ。こんなに立派な図書館があるのに、利用者がこんなに少ないなんて。

溜《た》め息《いき》を一つついて、僕もカウンターから出た。まあ、カウンターの側《そば》から離れなければ問題もないだろう。ロビーを横切って、適当に棚から新聞を抜き取った。

『レッドキャップ隊、今度は宝石商を襲撃！　またも消える逃走劇！』

派手な見出しだ。今なお、あの盗賊団はご活躍中らしい。

ちなみに、一番最初があの現金輸送車襲撃だったわけだけれど、そこに出くわした僕は少年としか報道されていない。まあ、今となってはメディアからの取材の申し込みもないし、どうでもいいことなんだけど。

ニュースになるたびにチェックはしているけど、あの一団は未《いま》だ一度も死人は出していないのだそうだ。怪我人《けがにん》も、せいぜい手足を縛られた被害者がその箇所を擦《す》り剥《む》いたとか、その程度なのだという。今回も、その点は同様らしい。

記事を全部読んでも、捜査に進展はなさそうだった。警察は何をやっているんだろう。

……そういえば、あのときにリトル・レッドフードと名乗った女の子は、『アンシーリーコート随一の部隊』と言っていた。そのわりに、他《ほか》の部隊の名前が聞こえてこないのはどうしてだろうか。他の部隊は成功していないのか……だとしても、捕まったりして話題にはなりそうなものだ。『アンシーリーコートの何々部隊、逮捕！』とか。聞こえてきそうどころかトップニュースじゃないか。うーむ、わからないことだらけの連中だ。

まあ、それはそれ。目を新聞に戻す。

他《ほか》、国土交通大臣の事務所費に不明瞭《ふめいりょう》な部分が多いとか、野党がそれを追及する構えだとか、有名な女優が結婚を決めたとか、海外に渡ったサッカー選手の話題とか、そんな記事が並んでいる。あんまり興味を引く見出しはなかった。

階段を下りてくる足音に気がついて、新聞を畳んだ。それを元の位置に返して、カウンターの中へと戻る。

二階から戻ってきた久喜島《くきしま》さんは、二冊の厚紙のケースに収まった立派な装丁の本を抱えていた。両方に『ロシア文学全集』の文字。一冊は僕が頼んだ『戦争と平和』、もう一冊は同じトルストイの『アンナ・カレーニナ』だった。

「これ……ですよね？」

「うん、ありがとう」

そう言いつつ、本を受け取る。

「そっちは？　久喜島さんが読む本？」

「あ、はい。となりにあったんですけど、可愛《かわい》いタイトルだなって思って」

あー、そういう基準で選ぶんだ、『アンナ・カレーニナ』を。

「久喜島さん、読書はよくするの？」

「いえ、……あの、実は、恥ずかしながら、ほとんどしないんです」

「やっぱり」

「え？」

「いや、慣れない人にロシア文学は辛《つら》いんじゃないかなあ、と思ってね」

そうなんですか？　と、久喜島さんは首を傾《かし》げた。

「まあ、とりあえずは読んでみるといいよ。ものは試しって言うしね」

「……はあ」

そして、カウンターの中に座って並んで読書を始める。久喜島さんが一度ページをめくる間に、僕が三回か四回はページをめくる。

僕が二〇ページほど読み進めた頃《ころ》、となりから大きな溜《た》め息《いき》が聞こえてきた。やっぱり、と苦笑して久喜島さんを見やると、彼女は本から顔を上げてこちらを見つめていた。目が合うと、久喜島さんは困ったような、はにかんだような顔でふんわりと微笑《ほほえ》んだ。

……素朴《そぼく》な疑問。どうして彼女は、鬱陶《うっとう》しい前髪を放置しているんだろう。切るか上げるかして、ついでに背筋を伸ばせば相当見栄えが違うと思うんだけど。

「ね、きついでしょ？　『幸福な家庭は皆同じように似ているが、不幸な家庭はそれぞれにその不幸の様を異にしているものだ』とか……、有名だし名作なのは間違いないんだろうけど、独特の癖《くせ》があってちょっと読みにくいんだよね」

「えっと……赤尾《あかお》さんの本も、同じ作者ですよね？」

「うん」

「……どうして、そんなにスラスラと読めるんですか？」

何だか尊敬の眼差《まなざ》しになっている。ちょっと照れるね。

「あはは、慣れだよ、慣れ」

「はあ……すごいですね。やっぱり、読書、お好きなんですね」

「……うーん、どうかな」

ちょっと、僕は言葉を濁した。

「え？」

と、久喜島《くきしま》さんは意外そうな顔をする。

「まあ、好きは好きなんだろうね。ずっと続いてるんだから。でも、最初は逃避だった気がするんだ」

「逃避……ですか？」

「うん。小さい頃《ころ》に、ちょっと両親が揉《も》めてさ。最終的には離婚したんだけど、そこに至るまでがずいぶん長くて。その間に、ケンカが始まると本を開く習慣がついたんだよね。見たくないものを見なくてすむように」

「……えっと……」

「それに、本の中には楽しいお話がたくさんあったしね。現実逃避するにはもってこいだったんだよ。読書はゲームとかと違って、いくら好きだって言い張っても怒られることもなかったし」

言いながら僕も、読みかけていた『戦争と平和』を閉じた。

「両親の離婚後も、色々都合がよかったかな。読書好きの少年、って評判は大人《おとな》に対して受けがいいからね。母はあんまり世間体とかを気にする人じゃないけど、それにしたって母子家庭だからどうのこうのとか言われるのは面白くないだろうし」

そう、言わば仮面だ。

それが特別、異常だったり特殊だったりするとは思わない。人間誰《だれ》しも、いくつもの仮面を持っているものだ。友達に対する態度と、家族に対する態度、その両者がまったく同じ人間なんていないと思う。

僕は両親の離婚のときに、僕の要求やわがままが親のキャパシティの中でのみ通るのだと学んだ。どんなに僕が望んでも、両親が離婚を考え直すことはなかったし、ケンカをやめる気配もなかったから。

両親の離婚後も、僕はなるべく母には逆らわないように生活してきた。家事炊事も率先してやったし、なるべくいい成績を取ろうともした。でも、だからといって母が好きだったわけじゃない。最終的にそれが一番面倒臭くないのだ、と気がついただけのことだった。

できれば好きでいたかったし、好きでいてほしかったと思う。

けれど、子ども心にも、母が僕の親権を欲したのが父に対する当てつけのように見えてしまったのだ。その瞬間、心の中で何かが一気に冷めてしまうような、そんな感覚に襲われたのを今でもよく覚えている。

もう、反抗する気さえ起こらなかった。反抗というのは、おそらく裏を返せば気を引きたいということで、愛情を求めているってことなんだと思う。性格的なこともあるんだろうけど、残念ながら僕は、そうしてまで母に何かを求める気にはなれなかった。

もちろん、父だって嫌いだ。自分の都合で僕を捨てていったようにしか見えなかったのだから、好きでいられるはずがない。

そんな心情をすべて飲み込んで、いい子の仮面を被《かぶ》ってみせているのだ。

個性を意味する『パーソナリティー』という言葉が、仮面を意味する『ペルソナ』という言葉が語源になっている、と知って、なるほどと思ったものだった。

多かれ少なかれ、人は他者の前では自分をつくっている。それが仮面だ。僕だって、それに倣《なら》っているに過ぎない。つまり、読書は僕の仮面の一部なのだ。素敵な本に出会えば嬉《うれ》しいと思うし、読み終えて面白かった、と思うことも多い。しかし、純粋に『好きか』と問われると、なんだかイエスとは即答しにくい後ろめたさのようなものがあるのだ。

「あの……、すみません。立ち入ったことを訊《き》いて……」

「あ、いや。僕こそごめん、変な話しちゃって。久喜島《くきしま》さんは悪くないよ、読書は好きかって訊いただけなんだから。勝手に僕が喋《しゃべ》っただけだし」

「でも……」

「いいんだって。それにさ、両親が離婚してるなんて今どき珍しくもないよ。ありすに比べればよっぽど恵まれてるしね。父は充分な額の養育費を出してくれてるし、母だって帰ってこない日が珍しくないくらい仕事に夢中だし。だから、経済的には裕福な部類なんだよ。父もお偉い政治家のセンセイとかやってるくらいだから、僕の養育費が苦になってるってこともないだろうしね」

　それでも何かを気にしているような久喜島さんの顔に苦笑しつつ、僕は端末に手を伸ばした。とにかく、話題を変えたい。

「あのさ、久喜島さん。好きなジャンルって何？」

「……はい？」

「久喜島さんに向いてる本を探そうと思って。映画とかドラマとかさ、好きなジャンルとかあるでしょ？　恋愛ものとか、サスペンスとか、コメディとか」

「あ、はい、それはありますけど……」

　久喜島さんは少し躊躇《ためら》って、

「あの、笑わないで下さいね……？」

　と頬《ほお》を染めて言った。

「え？　そりゃまあ、笑わないと思うけど……」

　聞いて笑うジャンルって何だろう。

　久喜島さんは見ているこっちの方が赤くなりそうなものすごい恥じらいを見せつつ、消え入りそうな声で、

「……あの、わたくし、実は……その、特撮ものが好きなんです……」

「は？」

　笑いはしなかったけど、思わず固まってしまった。

「えっと、特撮ものって、何とか戦隊とか、何とかライダーとかの……？」

　僕がそう訊《き》くと、久喜島《くきしま》さんはますます顔を赤くする。

「……はい。あの、両親の影響なんですけど…………やっぱり、変ですよね……？」

「あー、いや、まあ少数派かもしれないけど、いいんじゃない？　えっと、ほら、最近は若手の二枚目俳優とかたくさん起用してるなんて話も聞くし」

「……すみません、両親の影響なものですから、古いものばかりなんです……。最近のとかはさっぱりで……」

「あー、そうなんだ。えーと……」

　さて、困ったぞ。さすがに高校の図書館にそんな本があるとは思えない。

　とにかく軽いものを、と思って、思いついたタイトルを二つ三つ打ち込んでみる。その検索結果を眺めつつしばし考えて、僕は立ち上がった。久喜島さんの前にある『アンナ・カレーニナ』をケースに収めて手に持ち、

「ちょっと待っててね」とカウンターを出た。

「あの……？」

「あ、これ？　もう読まないでしょ？　ついでに返してくるよ」

「あの、でも……」

「いいからいいから」

　そのまま二階へ駆け上がり、ロシア文学の棚に持ってきた本を返す。そしてそのまま、

文庫本が並ぶ棚の前へと移動し、ざっと眺めて一冊を抜き取った。その本を手に、カウンターへと戻る。そして、「はい、これ」と文庫本を差し出した。

「特撮じゃないけど、わりと人気のヒロイックファンタジーだよ。剣とか魔法とかドラゴンとかがバンバン出てくるヤツね。『アンナ・カレーニナ』よりはずっと読みやすいと思う」

　というよりは、これが苦痛なら読書自体向いていないって気もする。

「あ、ありがとうございます……」

　久喜島さんは恐縮しながら、でも、とても嬉《うれ》しそうに本を受け取った。

「お礼はまだいいよ。実際、その本が久喜島さんに合うかどうかもわからないしね」

「いえ、大丈夫です。きっと合いますよ」

「だといいけど」

「合わなかったら、わたくしの方を合うように矯正《きょうせい》します」

　珍しく、久喜島さんがキッパリと言い切った。

「そんな無茶な」

「いえ……だって、あの……せっかく赤尾《あかお》さんが選んでくれた本ですから……」

　はにかみながらそんなふうに言う久喜島さんは、正直メチャメチャ可愛《かわい》かった。前髪に隠れてはいるものの目は大きいし、長い髪の毛は照明の光にさえ美しい光沢を見せる。何より、微笑《ほほえ》みに優しさが満ちあふれている。

考えてみれば、カウンター当番の間は否応《いやおう》なく女の子と一緒に過ごすことになるのだ。その女の子が可愛《かわい》かったら、それってすごくラッキーなんじゃないか?

うーん、そして現状、僕は相当ラッキーな気がする。

っていうか、図書委員が貧乏クジだなどとぬかす連中は馬鹿《ばか》だなあ、と本気で思った。

＊

久喜島《くきしま》さんは、僕が選んだ本を、ゆっくりとではあるけれど着実に読み進めていった。一週間ほど経《た》つと、図書委員のカウンター当番のときのみならず、教室でも本を読み耽《ふけ》る姿を何度も見かけるようになった。

そしていつの間にか、あの場面がよかったとか、どのキャラクターが格好いいとか、そんな話を度々するようになっていた。気がつけば四月の後半にはシリーズの二巻目に入り、慣れてきたのか読むペースも上がって、二巻目は五日とかからずに読み終わってしまった。

そして、そうなると、

「最近、お二人さんはずいぶん仲良くなったな」

と、高槻《たかつき》さんに揶揄《やゆ》たっぷりに言われるくらいには打ち解けていた。

「そりゃまあ、週に一度は図書館で一緒に当番やってるんだから」

僕が自分の席におり、そこへ彼女たちやありすがやってきて喋《しゃべ》っている、という状況だった。最近、そんな状況がやけに多い気がする。すっかり仲良しグループだ。

「いやいや、健気《けなげ》だと思わないか？　共通の話題を作ろうと苦手な読書に一生懸命……」

「……なっ、ちょ……！　姫《ひめ》ちゃん、話があります。ちょっと来て下さい……！」

高槻さんが言い終わる前に、顔を真っ赤にした久喜島さんがその腕を引っ張って教室の外へと連れて行ってしまった。

久喜島さんのああいう反応は、苦笑しつつも嫌いじゃないというか何というか。

「はぁ。ま、そりゃ言われるかもね。そんだけデレデレしてれば」

露骨に僕を白い目で見つつ、ありすは言った。

「うるさいなあ」

「しっかし、意外だったなー。竜太《りゅうた》ってば、千紗《ちさ》ポンみたいな子がタイプだったなんて」

念のために言っておくけど、千紗ポンなんて愛称は誰《だれ》も使っていない。っていうか、ありすが使ったのも初めて聞いた。だいたい、ポンって何だ？

「そんなんじゃないけどさ……まあ、ギャンギャンうるさいだけのチンチクリンよりはね」

僕がそう言い返すと、ありすは「ぐはあっ！」と派手にのけぞってみせた。

「おのれ、カウンターで急所を突いてくるとは、できるようになった……ッ！」

「……わけがわかんないよ」

「うっさい！　それに、このありす様がやられっぱなしで黙ってると思ったら大間違いなのだーッ！　喰《く》らえ、弁慶《べんけい》泣かせキィーーック！」

そう叫んで、ありすは思いっきり僕の臑《すね》を蹴《け》りつけた。

「いっ……っ！」

あまりの痛さに、涙目で机に突っ伏す。抗議しようと、その涙が滲《にじ》んだ目をありすに向けた。しかしありすは、

「へへん、チンチクリンとか言って乙女心を傷つけた罰なのだ！　思い知ったか！」

と、見かけ通り小学生っぽいイタズラな笑顔であかんべーをして、教室から駆け出していった。

こうなってしまうと、はしっこいありすを捕まえるのはかなり困難だ。しかも、男子が女子を本気で追いかけ回すという構図は、色々誤解を生みそうで怖い。

それで結局、僕は何年も虐《しいた》げられ続けながらも泣き寝入りしているのだ。それをいいことに好き勝手やっているのだから、まったく性悪なチンチクリンだと思う。

「……なんで涙目なんだ？」

久喜島《くきしま》さんと一緒に戻ってきた高槻《たかつき》さんが、怪訝《けげん》な顔で首を傾《かし》げる。

「いや……色々あって」

痛みに顔を歪《ゆが》めながら、僕はようやくそれだけを言ったのだった。

第二章　ドラゴン・スイッチ

　五月に入って中間試験も近づいてきた頃《ころ》、久喜島さんが一週間ほど学校を休んだ。いや、正確にはゴールデンウィークと重なったから、休んだ日数はもうちょっと少なかったけど。

　何でも、事故でご両親が亡くなられたのだという。どんな事情や都合があったのかは知らないけれど、葬儀はずいぶん遠くで行われたらしい。だから僕らは参列することもなく、ただその事実だけを担任から聞かされた。

　その後、久しぶりに登校してきた久喜島さんは気丈にもいつも通り振る舞ってはいたけれど、僕の目にはちょっと無理をしているように見えた。

「平気平気、あたしを見なよ。親なんかいなくたってへっちゃらだぞっ！」

　無神経気味にそんなことを言うありすだったけど、こいつはこいつなりに気を遣っての言葉だったのだろう。……たぶん。

「そりゃまあ平気だろう。前にも言ったが、千紗《ちさ》の家はいわゆるセレブだからな、片桐《かたぎり》さんほど苦労する必要もないはずだ。私に言わせれば、親なんかいたって鬱陶《うっとう》しいだけなんだが、……でもま、それも親が生きてるから言える言葉なのかもしれないな」

　その高槻さんの言葉にも、久喜島さんは「大丈夫ですから」と微笑《ほほえ》んでいた。けれど、時折うつむいたときなどに沈んだ感じがありありと見て取れた。

そして放課後。

奇《く》しくもというか、運悪くというか、その日は図書委員の当番の日だった。

「……あのさ、もし辛《つら》いようなら帰ってもいいよ」

見かねて、僕は言った。

「どうせ暇だし、一人でもこなせるから」

「……ありがとうございます。あの、でも、大丈夫ですよ」

「そうは見えないから言ってるんだけどね」

「そう……でしょうか」

微笑《ほほえ》みながらも、困ったような顔。

歯がゆいな、と思った。でも、残念ながらこれ以上立ち入ることなんてできはしない。

「大丈夫ならそれでいいんだけどさ。……もし、僕にできることがあるなら何でも言ってね。遠慮は要《い》らないから」

僕がそう言うと、久喜島《くきしま》さんはそれまで見え隠れしていた憂《うれ》いに、驚きと嬉《うれ》しさが入り交じったような複雑な表情を浮かべた。

「……やっぱり、優しいんですね。あのときと変わってなくて、ちょっと嬉しいです」

「え？」

しかし、僕が聞き返したことはスルーして、久喜島さんは何かを考え込んでいるようだった。徐々にその顔が赤く染まってくる。……何を考えているんだろう？

「あの、じゃあ、お言葉に甘えてもいいですか……？」

おっと、意外な展開だ。きっと久喜島さんは「大丈夫」で突っぱねるだろうとばかり思っていたのだ。しかし、少しでも友達の力になれるのなら、それに越したことはない。

「もちろん」

「でも、……あの、きっと、ものすごくご迷惑をおかけすることになると思うんです」

「あはは、大丈夫、男に二言はないよ」

笑って言った。何を頼まれたとしても、もう後には退く気はない。

「で、その内容は？」

「あ、はい。あの、では、明日、わたくしと一緒に行って頂きたいところがあるんです」

一緒に行きたいところ？　何だろう、気分転換にどこかへ遊びに行こうとか、そういう話だろうか。迷惑というのがそれに伴う多少の出費だったりするのなら、久喜島さんは気の遣いすぎだ。

「何だ、そんなこと？　だったら、迷惑でも何でもないよ」

でも、久喜島さんは首を横に振った。

「いいえ、間違いなくご迷惑になりますよ。あの、ですから、先に謝っておきます。……ごめんなさい」

「久喜島さん、さすがにわけがわからないよ」

苦笑しながら僕がそう言うと、久喜島さんは何だか心苦しそうに微笑んで、もう一度、小さな声で謝罪の言葉を口にした。

＊

そして翌日の放課後。

この日は図書館でのお仕事もないので、授業が終わると同時に体が空く。というわけで、即、久喜島《くきしま》さんと一緒に学校を出た。

道すがら何度か尋ねたものの、久喜島さんは行き先を言おうとしない。それどころか、彼女は妙に緊張しているようで、ろくに喋《しゃべ》りさえしなかった。

学校の最寄り駅から、電車に乗ること一〇分、二駅ほど行ったところで下車。改札を出て少し歩くと、周囲はマンションが建ち並ぶ住宅街になっていた。

「……ここです」

マンションと思《おぼ》しきビルの目の前で、久喜島さんは立ち止まった。かなり立派な印象。ざっと数えて一五階を越える高さだ。

「えっと、あの……もしかして、ここって久喜島さんの家だったり……？」

「あ、いえ、ちょっと違います」

久喜島さんは入口へと進み、ずらりと並んだ郵便受けゾーンを抜け、自動ドアの前で操作盤に暗証番号を入力した。自動ドアが開く。

どうぞ、と僕についてくるよう促して、久喜島さんがドアをくぐった。突き当たりにエレベーターが見える。けれど、エレベーターの前に至る前に久喜島さんは右側の壁に向き直った。そして天井を見上げる。彼女の視線の先には、防犯用のカメラがあった。

「お祖父様《じいさま》、お願いします」

久喜島さんがカメラに向かってそう語りかける。

と、大理石っぽい壁が、ごごご、と派手に上へとせり上がり始めた。

「……な」

「あの、家というより、秘密基地なんです」

驚く僕に対して、久喜島さんは、ようやくさっきの質問に対する答えを口にした。

「秘密基地って……」

壁の奥から顔を出したのは、無骨で巨大なエレベーターだった。その扉が開くと、久喜島さんは早速乗り込んで、くるりと僕の方を向く。顔が「乗って下さい」と言っているようだった。

ははは。ま、ここまで来てビビッても仕方がない。僕も彼女を倣《なら》って乗り込み、彼女のとなりへと歩み寄った。同時にドアが閉まり、ごうん、と音を立ててエレベーターが降下を始める。彼女は何も操作していないというのに、だ。

「……すごいね」

何が、というか、何もかもが。エレベーターも、六畳間くらいの広さがある。

「かもしれませんね。……慣れてしまうと、なかなかわからないですけど」

いやはや。色々尋ねたい気はするものの、何から訊《き》けばいいのか。あるいは、何からツッコミを入れればいいのか。

状況に圧倒されて流されて、何も訊けずにいるうちに、

「……あの、一つ訊いてもいいですか」

と先手を打たれてしまった。

「う、うん」

「えっと……その、あの……本当のところ、片桐《かたぎり》さんのことは、どう思っていらっしゃるんですか……?」

「え? ありす? どうって言われても……うーん、凶暴な幼馴染《おさななじ》み?」

「それだけ……ですか?」

「うん。日々蹴《け》られ続けてるし。まあ、努力家なのは知ってるし、人一倍苦労してるのも知ってるから、できうる限り応援したいとは思うけどね。どうして?」

「いえ、その……」

少し言い澱《よど》んで、久喜島《くきしま》さんは、

「彼女、すごいじゃないですか。学費を稼ぐために働いて、勉強もしっかりやって……。身に染みてわかったんですけど、あの、両親がいないって色々辛《つら》いはずなんですよね。それなのに、ああして明るく振る舞って」

「まあ、ね」

ずっとそういう環境でやってきたありすと、ついこの間ご両親が亡くなった久喜島さんでは、ずいぶん立場が違う気もするけど。でもまあ、ありすがすごいことは紛れもない事実だと思う。

「あの……自分でも、狡《ずる》いなって思うんです」

「狡い？」

「はい。……わたくしは、ダメです。もたれかからずにはいられません。経済的には、片桐さんよりずっと恵まれているのに、です。……今、かなり自己嫌悪気味です」

「……いや、何のことかはよくわからないけど、ありすを基準に考えるのはどうかと思うよ？　あいつの楽天家ぶりは、人類としては規格外だから」

「そんな言い方をしては可哀相《かわいそう》ですよ」

綺麗《きれい》な長い髪をかすかに揺らして、久喜島さんはくすりと笑った。そして、

「えっと……、あの、少し、事情を説明しますね」

と切り出した。何というか、この話題はもう終わり、と一方的に言われた気がした。

「自分で言うのもどうかとは思いますけど、わたくしの両親はかなりの資産家でした。わたくしは一人娘でしたし、すでに遺言状なども用意してあった都合上、その資産の大半はわたくしが受け継ぐことになりました。相続税で半分持っていかれても、相当の額が残ります。……えっと、今のわたくしには、一生かけても、使い切る方法がちょっと思いつか

ないくらいの額です」

「それは……すごいね」

相続税で半分、という時点で億単位なのは間違いないだろうと思う。でも、都心に家でも買えば簡単に億単位の金額になるわけで、使い切るのが難しいとか言っている以上は、億は億でも相当桁《けた》が上なのだろう。まさか、兆までいってたり……？　うーん、こんな大がかりな隠しエレベーターとかを見せられたら、ないと言い切れないか恐ろしい。

お嬢様だと聞いてはいたけど、どうやら僕の想像なんかは及ばない規模みたいだ。

「でも、……あの、思うんです。お金とか遺産とかより、もっと受け継がなければならないものは、志とか誇りとか、そういう遺志みたいなものなのではないか、って」

「うん、かもしれないね。立派な考えだと思うよ」

僕の言葉に、久喜島《くきしま》さんは嬉《うれ》しそうに「ありがとうございます」と微笑《ほほえ》んだ。しかし、すぐにしょんぼりとうなだれて、

「……でも、わたくしのような小娘についてきて下さる奇特な方はいらっしゃいませんでした。お父様とお母様が作り上げた組織は、わずか数日で瓦解《がかい》してしまったのです」

つまり、会社とかの話だろうか。両親の事業を引き継ごうとしたけれど、役員とか社員とかの反対にあって無理だったとか、そういう話……？

「大変だったね。で、それは何の会社だったの？」

「いえ、あの、会社ではありません。秘密結社なんです」

「……は？」

「ですから、秘密結社です。世界征服を目論《もくろ》む悪の秘密結社『デーモンテイル』、それがお父様とお母様が作り上げた組織なのです」

悪の秘密結社？　世界征服？

え？　ギャグ？　もしかして、ここ、笑うとこ？

しかし、久喜島さんの顔は真面目《まじめ》そのもの。

……そういえば、このエレベーターも、冗談にしては凝《こ》りすぎている。もうずいぶん下り続けているし……いったい、どのくらいの深さまで掘ってあるんだろう……？

「あの、単刀直入に言います」

と、久喜島さんは僕の真っ正面に移動し、まっすぐに僕を見た。長い前髪の隙間《すきま》から見える、形のいい大きな目。黒目がちなその瞳《ひとみ》は、とてもひたむきで真摯《しんし》だった。

「赤尾《あかお》さんには、その、同志になって頂きたいんです。……新生『デーモンテイル』の一員として、わたくしの世界征服を、手伝ってほしいんです！」

……同志って。世界征服って。そんなムチャクチャな。

あまりに突拍子もない展開に、僕の脳はショート寸前まで追い込まれてしまった。

しかし、だ。よーく考えろよ？　両親の影響で特撮が好き、ってことは両親も特撮が好きで、かつ、ちょっと使い切れないほどの資産を持っている。

そこから導き出される解は？

金持ちの道楽。贅沢《ぜいたく》に趣向を凝《こ》らした、壮大なるごっこ遊び……？

なるほど、そう考えれば少しは納得がいく。要は気晴らしの遊びにつき合ってくれる仲間を、彼女は探しているんじゃないのか？　うん、きっとそうだ。あはは、常識的なところに踏みとどまれてよかったなあ、僕。

だとしたら、断る理由もない。ちょっと馬鹿馬鹿《ばかばか》しい気もするけど、力になる、って言い出したのは僕の方だしね。

「……うん、まあ別に構わないけど」

僕の返事に、久喜島《くきしま》さんは大袈裟《おおげさ》なくらい頬《ほお》を紅潮させて喜んでくれた。

「本当ですか……っ!?　あ、あのっ、ありがとうございますっ！」

あまつさえ僕の手を両手でガッチリと握り、上下にぶんぶんと振りながら、

「あ、あの、すっごく嬉《うれ》しくて……っ、ああっ、まるで夢のようです……！」

と、かなり興奮気味にまくしたてる。

「そんな大袈裟な」

僕が苦笑すると、彼女も幾分か冷静さを取り戻したらしい。

けど、僕の手を握っていたことに気づいて、せっかく取り戻した平静をあっさり放棄し、真っ赤な顔で慌てて手を放した。

「えっと、その……あの、……」

しどろもどろに何かを言いかけて、彼女はうつむいてしまった。さっきとは別の意味で、

テンパッてしまっているらしい。

「あの、ご、ご、ごめんなさいッ！　お祖父様《じいさま》ッ！」

久喜島さんがそう叫んだ瞬間、エレベーターの四方から何かが噴き出した。

「え!?　な、何が……？」

なおも何かが噴出する「ぷしゅーっ」という音は続いている。驚いて久喜島さんの顔を見やると、いつの間にか彼女はガスマスク的な何かを装着していた。

……はあっ!?

エレベーター内が、噴出してきている何かで満たされていくのがわかった。頭がぼうっとする。ふらついて足がもつれた。バランスを失いかけたところを、ガスマスク姿の久喜島さんに支えられた。

何これ……？　照れ隠しにも、ほどが……。

そして僕は、意識を失った。

＊

目が覚めても、気怠《けだる》さが少し残っていた。脳内にかかった靄《もや》を取っ払おうと、数度頭を振る。どうやら、ベッドか何かに俯《うつぶ》せに寝かされているらしい。

「あ、お目覚めですか。……あの、手荒な真似《まね》をしてすみませんでした」

彼女は言った。

彼女……彼女？　彼女の姿に、目を疑った。僕はまだ夢でも見ているのだろうか。

彼女は、何だかよくわからない素材でできた、露出度の高い衣装を身にまとっていた。はちきれそうな豊かな胸と、お腹《なか》のくびれから綺麗《きれい》な曲線を描いている腰だけを覆ったそれは、衣装というかもはや水着に近い。構造的にはワンピースタイプなんだろうけど、胸元からお腹にかけてざっくり大胆に開いている。その胸元にはワンポイント的にタトゥーが入っていて、それがまた何とも色っぽかった。

そして左手だけに黒い長手袋。その手袋と同様に黒いブーツを履き、やはり黒いマントを羽織っていた。頭には小さな銀色のティアラが光っており、その後ろでは美しいけれど生物学的にはちょっと奇異な色の……えーと、鮮やかなピンク色の髪が重力に逆らって独自の生物のようにウネウネと蠢《うごめ》いていた。その動きに同調するように、お尻《しり》から伸びた尻尾《しっぽ》……悪魔を思わせる矢印のようなそれも左右に揺れている。

ファッションとしては完全に破綻《はたん》している、と思った。どう見てもコスプレの域だ。

そして、その空間は鍾乳洞《しょうにゅうどう》っぽい洞窟《どうくつ》だった。広い。少なく見積もっても、体育館くらいの広さはありそうだ。

……いや、よく見れば、鍾乳洞を模した人工的な部屋であるらしい。凝《こ》りすぎだ。この部屋も彼女の格好も、何だか現実味が感じられない。

しかし、それでもB級映画っぽいチープさがあまり見て取れないのは、ひとえに彼女のプロポーションのおかげなのではないだろうか。人工洞窟の薄暗い中、浮かび上がって見える彼女の白い体はとても幻想的で、目を奪われずにはいられない。おそらく、並のグラビアアイドルでは太刀打《たちう》ちできないだろう。

「……もしかして、久喜島《くきしま》さん？」

おそるおそる、訊《き》いた。

「はい」

髪の毛の色が違っていたり、あまりに非日常的な露出度の高いコスチュームだったりで違和感はあるものの、顔は間違いなく久喜島さんだ。

いやしかし、前々から大きいなあ、とは思っていたものの、想像以上だ。何がって、そりゃ胸に決まっている。胸元が強調されるようなデザインの衣装であることは間違いないけど、それを差し引いたって超高校生級だ。

「でも、この姿のときはラプンツェルという名前です。コードネームと言いますか」

……髪長姫《ラプンツェル》、ねえ。

「もしかして、由来はその髪の毛？」

「ええ。伸ばしたり縮めたり、結構自由に動きますよ。ほら、こんなふうに」

ぐいん、と髪の毛が大きく持ち上がる。幾条にも分かれて、個々が独立した動きをしていた。挙げ句、それらの先端が指のように割れて、それぞれでジャンケンを始める始末。

「すごいね、どんな髪型も自由自在ってわけだ。……お団子頭とかにもできる？」

「お団子？　シニヨンですか？　ええ、できますよ」

「あ、できれば左右に分けて。何ていうか、ほら、マンガとかゲームでよくあるカンフー娘みたいに」

「えっと、こうですか？」

勝手に髪の毛が編み上がっていく図というのはかなり異様な光景だ。が、髪の毛自身が一糸乱れぬ統制をもって編み上がっていくんだから、仕上がるのも早い。あっという間にリクエスト通りの髪型ができ上がってしまった。

「そうそう。素晴らしい。ついでに、前髪も上げるか切るかしちゃった方がいいんじゃないかな。せっかく綺麗《きれい》な目をしてるんだから、隠してちゃもったいないと思うよ」

「えっ？　き、綺麗って……ほ、本当ですか？」

顔を隠そうとでもするように、久喜島《くきしま》さんは頬《ほお》を両手で覆ってしまった。しかし、それでも頬の紅潮は隠しきれないでいる。あはは、可愛《かわい》いなあ。

「もちろん。そして、ぜひその髪型でチャイナドレスを」

「ええ!?　ちゃ、チャイナドレスですか？　でも、あの、この状態のときはちょっと特殊なので、着替えるわけにもいかないんです。逆に平時は髪の毛を動かせませんし」

そういうものなのか。なかなか上手《うま》くはいかないものだ。

「それは残念。いや、でもまあ、その格好の方がセクシーだろうけど」

「え？」

「何も文句はないけどね。主に目の保養的に」

僕の視線に気づいたのか、久喜島《くきしま》さんは慌てて胸元や腰を手で隠した。同時に、お団子の髪型も崩れて元に戻ってしまう。無念だ。

「あ、あんまり見ないで下さい……」

「そんな無茶な。可愛《かわい》い女の子がそんな格好してたら、そりゃ目が行くって」

「……えっ？　あ、あの……？」

久喜島さんはさっき以上に顔を真っ赤に染めて、困り果てているようだった。何だか尻《しっ》尾《ぽ》の動きも、微妙に元気をなくしている。

「っていうか、見られたくないならそんな格好しなきゃいいのに」

「で、でも、あの、秘密結社の女幹部ってこういうものでしょう？」

「……そうなのかなあ？」

何にせよ、彼女には彼女のこだわりというか美学があるらしい。

とにかく、起きあがろう、と思った。寝かされている寝台に手をついて、力を込める。

……あれ？　視界に入った自分の手がおかしい。とても人間の手とは思えなかった。鋭くて大きな爪《つめ》と、どぎついくらいに真っ赤な鱗《うろこ》。

「な、な、何これッ!?」

自らの体を視界に収めようと、振り返る。赤い鱗は体全身を覆い、背中にはコウモリのような大きな翼が生えていた。さらには寝台からはみ出した長い尻尾。

っていうか、俯《うつぶ》せに寝たまま自分の背中を俯瞰《ふかん》できるほど長い首って。

「あ、大丈夫です。ちょっと改造させてもらっただけですから」

「か、改造!?」

いや、そんなことをサラッと言われても困るんですけど!?

「お祖父様《じいさま》、鏡をお願いします」

どこか上に向かって、久喜島さんはそう語りかけた。

それに呼応するように、マジックハンド的な手というかアームというかマニピュレーターに掴《つか》まれた大きな姿見が下りてくる。その状況もどうかと思うんだけど、そんなことより、そこに映った自分の姿のインパクトの方が圧倒的に大きかった。

トカゲのような面長の顔に、ワニのような牙《きば》が並ぶ大きく裂けた口。頭には角が生え、その姿はまるで、ファンタジーの物語に登場するドラゴンそのものだった。

「そんな……」

これは夢か？　僕はまだ眠ったままなのか？　そうでないとしたら、ムチャクチャだ。

とはいえ、こんな非常識な状況にありながら、どうも夢ではないらしいと僕の感覚は判断している。恐ろしいことに。

「どっ、どうするのさ!?　明日だって学校はあるし、それ以前に、いくら何でもこんな格好じゃ家にも帰れないよッ！」

「あ、大丈夫です。ちゃんと元に戻れますから」

「それはそうですよ。いくら改造で強くなったって、社会に適応できないようでは仕方ないじゃないですか。それに、あの、それまでの生活を奪うような非人道的な改造なんて、新生デーモンテイルでは致しません」

「……いや、無許可で改造する時点で人道的にどうかと思うんだけど」

「えっ？　……あ、すみません。あの、秘密結社の同志になる、っていう時点で改造まで織り込みずみのつもりだったものですから……」

「……え？」

その感覚は絶対おかしい。

とにかく、体を起こした。寝台を下りる。が、どうにも両手も地面についている方が具合がいい。どうやら手というより前肢に近いようだ。言うなれば、熊《くま》のようなものだろうか。立ち上がれるし、二足でも活動はできるけど、本気で走ろうとかした場合には四足の方が動きやすい。そういう構造の体のようだった。

そして、ずいぶん大型化しているらしい。四つ足の状態で、久喜島《くきしま》さんをかなり上から見下ろしている。首が長いせいもあるんだろうけど、二足で立ち上がったら頭の位置は三メートル以上になるんじゃないだろうか。尻尾《しっぽ》も含めれば、体長は七メートルか八メートルか。翼も、広げれば差し渡し一〇メートルを優に超えそうな感じだ。

……っていうか、上から見下ろす久喜島さんの胸元は芸術的でさえある。いやほら、胸の谷間ってヤツには無条件で目が行っちゃうわけで。まして上からのアングルとなれば、いやが上にも強調されることになる。もう、大きさも形も柔らかそうな質感もタトゥーが醸《かも》し出す色っぽさも、何もかもが素晴らしい。満点。いや、さらにプラス二〇点。

えーと、いや、その……、何ていうか、こんなときでもそんなことを考えるんだから、我ながら男ってヤツは……。

「えっと、紹介しますね。わたくしの祖父です」

久喜島さんに促された方を向くと、そこは部屋の奥、あるのは機械が埋め込まれた壁だけだった。人の姿はない。

「お祖父《じい》さんって……？」

『初めまして、赤尾竜太《あかおりゅうた》君。孫娘が色々とお世話になっているそうで』

どこからともなく響いてくる、ちょっと合成音じみた声。遥《はる》か上方から、やはりマジックハンド的なマニピュレーターが下りてきた。ただし、今度のはきっちりと五本指の構造で、かつ布のようなゴムのような素材でコーティングされていた。その手が、僕の目の前で止まる。

……握手を求めているのだろうか。

「どうも……」

と、とりあえずは応じることにした。ドラゴンの手はやはり大きくて、まるで子どもと大人《おとな》の握手のようになってしまったけど。っていうか、四《よ》つん這《ば》い状態なので、むしろ『お手』に近いかもしれない。

「あの、久喜島《くきしま》さんのお祖父《じい》さんって……？」

「ですから、あれがお祖父様ですよ」

もう一度、久喜島さんは部屋の奥を示した。

よく見ると、壁に埋め込まれた機械の中央に何か液体で満たされたシリンダーがあった。

その中に浮いているのは、どうやら人間の脳であるらしい。

……あれが、お祖父様？

「えーと、どこかでこの部屋をモニタリングしながら、あの手とかの機械を操作してたりするんだよね……？」

「いいえ、何度も言いますが、あれがお祖父様ですよ？　この基地は、お祖父様そのものと言っても過言ではないのです」

『はは、驚くのも無理はありません。色々試したり実験を繰り返すうちに、生身の体ではできないことが多すぎるのに絶望してしまいましてね。業を煮やして、ついには自分自身を改造してしまったという次第ですよ』

いや……、そんなことを、趣味が高じてラーメン屋を開いちゃいました、みたいなノリで言われても困るんですが。

『しかし、おかげで人間のインスピレーションと機械の演算能力を兼ね備えるに至り、かつ千紗《ちさ》や君に施したような人体改造のノウハウも手に入りました』

迷惑な話だと思う。

『あ、そういえば申し遅れましたが、私は善治郎《ぜんじろう》といいます。しかしまあ、こういう体ですし、組織が悪の秘密結社だそうですから、適当にドクター・フォートレスとでも呼んで頂ければ結構ですよ』

ドクター・フォートレス……直訳で要塞《ようさい》医師？　まんまじゃん！

「あー……えっと、……そうですか」

ちょっとついて行けてないぞ。そもそも、どこまでが体なんですか、ドクター。

『では、被害が出る前に君の体の取り扱いについて説明しておきましょう』

……はあ？　被害？

『まず、骨格、筋力、外皮、そのすべてが著しく強化されています。慣れるまで力の加減が難しいかもしれませんので、注意して下さい。爪《つめ》や牙《きば》もタングステン並みの強度を持っていますので、冗談で噛《か》みついたり引っ掻《か》いたりしようものなら取り返しのつかないことになります。そうですね、おそらく甘噛みで人が殺せます。特に尾は筋肉の塊ですから、本気で尾を叩《たた》きつければ鉄骨くらいは軽くへし折ることが可能でしょう』

……言葉にならないこの感情を、何と表現すればいいんだろう。とにかく言えることはただ一つ。やりすぎだ。物騒なことこの上ない。

『さらに、鱗《うろこ》は銃弾さえ寄せつけない安全設計です。また同時に耐熱性にも非常に優れているので、火炎放射器だって蛙《かえる》の面に何とかです。火事場でも涼しい顔をしていられるでしょう。酸欠さえ起こさなければ、ですが』

「……はあ。何でまた炎に強いんです?」

『それはもう、自分で吐いた炎で火傷《やけど》をしたのでは格好がつかないでしょう?』

「自分で吐いた炎? って、そんな機能まで……?」

『ええ。何しろドラゴンですから。……千紗《ちさ》が読んでいるという物語ではそういうことになっていると聞きましたが?』

あー。なるほど、久喜島《くきしま》さんのリクエストなのか。くっ、あんな本を薦めるべきじゃなかったか……? しかし、そうでなかった場合、彼女が好きだと言っていた特撮の怪人にされる可能性もあったわけで……うーん、どっちがマシだろうか。

『あとは、背中の翼も飾り物ではありませんよ。ちゃんと飛行が可能な設計にしてありますす。飛び方も脳にインストールずみですから。ついでに、どうせなので千紗も乗せて飛べるサイズに体格も変更させてもらいました』

ははは。何かもう、ツッコミを入れる気にもなりませんよ、ドクター。

「いかがですか? これが、我がデーモンテイルの技術力です!」

誇らしげに、久喜島さんが言った。……久喜島さんがそのお姿で胸を張るとすごいことになりますね。眼福です。……いや、じゃなくて!

えーっと、貴女《あなた》のお祖父《じい》さん個人《い》の技術力だと思うんですけど違いますか。っていうか、この技術力をもっと別のことに活かすという発想はなかったのだろうか。

「で、ですね。ここに、こういうフタがあるんです」

と、久喜島さんは僕の首のつけ根あたりに触れた。パカッと音がして、鱗《うろこ》と皮膚が持ち上がる。

「中にスイッチがありますので、これをオフにすると変身が解除されます」

ぱちん、と久喜島さんは言いながらそのスイッチとやらを操作した……らしい。その瞬間、僕の姿は人間のそれに戻っていた。制服も腕時計も靴もそのまま。ただ、スイッチのフタは鎖骨の間あたりに開いたままで、ネクタイとシャツはそのフタを露出させるためかはだけた状態だった。

「……すごい。本当に戻った……」

久喜島さんの手が離れたフタを閉めてみる。すると、見た目ではもうどこにフタがあるのかわからなくなってしまった。ま、自分の体なので感覚的に位置はわかるんだけど。

「わたくしもお揃《そろ》いですよ」

と、久喜島さんは長手袋をしていない方の、つまり右腕の手首のフタを開いた。ぱちん、で彼女も制服姿に戻る。

『そのフタには完全防水処理を施してありますから、日常生活に支障はないはずです。もちろん、スイッチやその周辺もちょっとくらい濡《ぬ》れたところで問題はないんですが』

ここまでくると、そんな些細《ささい》な部分、気にもならないんですけどね。

『ところで、赤尾《あかお》君。君にはリンドヴルムというコードネームを用意したんですが、いかがですか？』

「あーはい、もう好きにして下さい」

こうして、僕は秘密結社の改造人間に生まれ変わったのだった。

下がったのだから、帰るためには上がらなければならない。

僕は久喜島《くきしま》さんと、今度は地上に出るためにエレベーターに乗り込んだ。

現在、午後七時半。授業の終了が四時くらいで、ここに来るために三〇分使ったと考えれば、改造にかかった時間は三時間に満たない計算になる。この技術力は絶対に異常だ。もう驚かないけどね、あはは。

「あの……、もしかして、怒ってますか……?」

おそるおそる、久喜島さんが訊《き》いてきた。

「何で?」

「その、勝手に改造してしまったりとか……」

彼女は許可を取ったつもりだったそうなのだから、おそらくは単なる行き違いってことになるのだろう。

ハッキリ言わなかった彼女も悪いのかもしれないけど、僕だって力になると言ったのだから、文句も言えない。実際、改造されたとはいっても、変身さえしなければ何も困ることはなさそうだし。そもそも、最初にきちんと説明されていたところで信じなかった気がするし。

「いや……怒ってはいないけど。むしろ、戸惑ってる感じかなあ」

「あ……、そうですか。……よかった」

安堵《あんど》したのか、久喜島さんは大きく息を吐き出した。

「あのさ、久喜島さん」

「あ、えっと、千紗《ちさ》でいいですよ」

照れ気味に微笑《ほほえ》んで、久喜島さんは言う。

「同じ秘密結社の同志じゃないですか。ですからお互い、他人行儀な呼び方はやめましょう。その……片桐《かたぎり》さんと同じように、千紗って下の名前で呼んで下さい」

「はあ」

そう言われたからといって、すぐに切り替えるなんてできそうもないけど。

「その代わり、わたくしも、その、……竜太《りゅうた》さん、って呼ばせてもらいます」

いっそう顔を赤くして言うもんだから、照れがこっちにまで伝播《でんぱ》してくる。まして、あんな色っぽいお姿を拝んだ後となれば、ちょっと正視できなくなったりもするわけで。

「そりゃまあ、いいけど……でね、久喜島さん」

「千紗、です」

質問を続けようとしたら、いつになく強い口調で遮られてしまった。

彼女は前髪の間から、期待に満ちた目で僕を見上げている。どうやら、そう呼ばなくては話を進められないっぽい。

……勘弁してよ。

目を逸《そ》らしつつ少し迷って、……ま、いいか、と結論した。諦《あきら》めた、ともいう。

そう言われたからっていきなり呼び捨てなんて厚かましいよなあ、とか思ったけれど、勝手に改造までされているのだ。きっとそのくらいの権利はあるだろう。法的に争ったって、たぶん勝てる。

「じゃあ、……千紗《ちさ》」

……とは思っても、さすがにかなり照れ臭さがあるけど。助けてほしいくらいに。

「はい！」

うって変わって、久喜島《くきしま》さんは……千紗は、上機嫌で返事をする。やりにくいなあ。

「あー、えーと、あのさ。実際のところ、どこまで本気なの？」

「……と、言いますと？」

「世界征服」

「はい、それはもう、全面的に本気ですよ？」

「何のために？」

さらにそう訊《き》くと、彼女は「えっ？」と言葉につまってしまった。

「だって、征服するってことは、その後は統治もしていくってことでしょ？　それって、きっと面倒なだけで旨味《うまみ》はないと思うんだよね。日本だけでも色々問題を抱えてて、政治家のセンセイ方は持て余し気味じゃない。それが世界となったら、とてもじゃないけど手が回らないんじゃないかな」

「……それは」

「仮に上手《うま》くいかなければ、世界規模であちこち破綻《はたん》するってことでしょ。言っておくけど、支配者が好き勝手できるなんてことはないと思うよ。暴君をやるには、名君以上に才能が必要なんだ。だって、無茶に浪費しながら国家を維持しなきゃいけないんだから。それができなくなれば待ってるのは破滅だけだろうしね。だからね、本当に悪い奴《やつ》はトップになんか立たないんじゃないかな。その脇《わき》にいて、甘い汁だけ吸おうとするんだと思う」

「……そう、かもしれません」

少し困ったような顔で、一度、千紗はうつむいた。しかし、すぐに顔を上げて、僕をまっすぐに見る。

「でも……でも！　やらなきゃいけないんです！　それが、お父様とお母様の悲願でしたから！　ですから、娘のわたくしが受け継いで、成し遂げなければならないんですっ！」

手段ではなく、目的なのか。それもどうかとは思うけど。

「なるほどねえ……」

しかしまあ、そう熱く語られてしまっては「やめれば？」とも言えない。きっと、彼女は真面目《まじめ》なんだろう。良くも悪くも。……圧倒的に悪い方に出ている気はするけど。

「じゃあ、もう一つ、いいかな？」

ふと、この際だから他《ほか》に引っかかっていることも訊いておこうかな、と思った。

「もし僕が怒って、例えば、もう君なんか知らないよ、とか言っちゃったら、どうするつもりだったの？」

「……え？」

ちょっと不安そうな顔で、千紗《ちさ》は僕を見上げる。

「それは……とっても悲しいですね。泣いちゃったかもしれないです」

「いや、そういうことじゃなくて……、だって今後も僕が裏切ったりする可能性はあるわけじゃない。そういう場合に備えて脳に爆弾を埋め込むとかさ、何かそういう対策は取ってるのかな、って思って」

仮にそういう措置を取っているなら、それを僕に伝えないメリットは薄い。その事実を伝えて意のままに命令することが最大の目的なはずだからだ。

しかし、彼女の反応は予想外のものだった。

「ええッ!?　するわけないじゃないですか、そんな酷《ひど》いこと！」

「酷いって……」

悪の秘密結社じゃないんですか。

「じゃあ、どうするつもりだったの？」

「えっと……あの、実は、そんなこと考えてもいませんでした」

「……はあ？　これだけ凶悪に改造しておいて、首輪も手綱もなし？」

「はい。だって、言ってくれたじゃないですか。できることがあるなら言ってくれって」

「そりゃ言ったけど」

「ですから、あの、信じてました。裏切るなんて、そんな酷いことを竜太《りゅうた》さんがするはずありませんから。これからもずっとそうです。ずーっと信じてます」

前髪の隙間《すきま》から覗《のぞ》くその瞳《ひとみ》には、曇りも迷いもなさそうだ。……断言しよう。この子は本気で言っている。この箱入り娘は、いったいどこまで素直なんだろう……?

不安だ。不安すぎるぞ、色々と。

でも逆に、安心もした。

悟った気がするのだ。この子には、たぶん悪いことなんかできはしない。そして、もし本当に悪いことをしてしまいそうになったのなら、僕がとなりで制止をかければいい。

そう考えて、僕は諦《あきら》めに近い苦笑を漏らした。

「了解、わかったよ。期待に添えるよう、裏切りはなるべく控えることにするよ」

嬉《うれ》しそうに、千紗も笑った。

「はい！　じゃあ、あの、ここからがスタートですね」

「スタート?」

「ええ。二人で始めるんです。世界征服を！」

なるほど。

まあ、世界征服はさておき、その都度彼女のセクシーな姿が拝めるのだとしたら、それはそれで悪くないのかな。

第三章　いざ、空へ！

翌日。というか、翌朝。

千紗《ちさ》が入ってくるなり、誇張じゃなく教室の空気が変わった。

何を思ったのか、千紗はストレートロングだった髪を例のお団子にして登校してきたのだ。長すぎる髪が収まりきらなかったのか、それとも意図的なのか、左右のお団子からは髪の毛が一房ずつにょろんと伸びて背中にかかっていた。鬱陶《うっとう》しかった前髪も、すっきりとピンで留めている。

普通、髪型を変えたくらいではそこまで注目は浴びないものだ。しかし千紗の場合、大きな目を隠さなくなったことで、印象そのものが大幅に明るくなっていた。

僕も昨日思い知らされたわけだけど、千紗はもともとスタイルがいいのだ。可愛《かわい》らしい目とか大きな胸とか細い腰《い》とか、ものすごい武器というか長所をいくつも持っているのだから、一つそれを活かし始めれば、連鎖的に他《ほか》の長所も輝き始める。

「あの子って、あんなに可愛かったっけ？」

そんな囁《ささや》き声が教室のあちこちから聞こえてくるようだった。はは、気づくのが遅いね。

で、その千紗は自分の席にカバンを置くなり、僕の目の前へとやってきた。そしてあいさつもそこそこに、頬《ほお》をほのかに染めて、

「あの、……どうですか？　おかしくないですか？」

と僕に訊《き》いた。言うまでもなく、髪のことだろう。

「うん、すごく似合ってると思うよ」

そもそも言い出したのは僕なんだから、ダメとは言えない。いや、実際嘘《うそ》じゃないし。

「ほ、本当ですか……？」

少し照れて、千紗《ちさ》が嬉《うれ》しそうに言った瞬間に、

「千紗ぁ、ちょっと来なさい」

と高槻《たかつき》さんがやってきて、当の千紗を窓際へと連れ去ってしまった。まるで、新しいイタズラを思いついた少年のような笑顔で。

で、肩を組むようにして何かを話し込んでいる。時折こっちを盗み見たりしているけれど、いったい何を話しているのやら。

「あの髪ってさ」

いつの間にか側《そば》に来ていたありすが、何だか面白くなさそうに言った。ツインテールもどきの毛先をいじったりしているのは、対抗意識でも燃やしているのだろうか。事実、千紗のお団子から伸びる髪の毛の方が、ありすのもどきよりよほど尻尾《しっぽ》に見えるし。

「もしかして、竜太《りゅうた》がリクエストしたりしたの？」

「うん、まあ、冗談半分でね。まさか本気にするとは思わなかったんだけど」

「……ふうん」と、ありすはちらりと二人の方を見やった。

「それがどうかしたの？」

「別にぃ」

答えるなり、ありすは何の前触れもなしに僕の臑《すね》を蹴《け》りつけた。

「いっ……！」

そして、僕が抗議をするより先に、あかんベーをして教室の外へと駆け出していった。

意味がわからない。何なんだ、いったい！


そして放課後。僕の、というか、『リンドヴルム』の運用テストをしたいと言う千紗と一緒に学校を出た。

昨日同様、駅までの道程を並んで歩く。

同様でないのは僕の首元にスイッチが設置されたことと、千紗が世界征服を目論《もくろ》んでいることを知ったことと、その彼女の髪型が僕のリクエストによって変わったこと。いや、前の二つは色々どうかと思うけど。

ただ、今の僕にとって一番重要なのは髪型のことであって、昨日まではお目にかかれなかった千紗のうなじが白いなあとか、おくれ毛が色っぽいなあとか、そんなことばかり考えていた。

千紗の髪の毛は結っても独特の質感がとても美しい。お団子から伸びる尻尾も歩くごとに揺れて、その都度波紋のように光沢が表情を変える。いやもう、見ていて飽きるということがない。

しかし、そんなときでも尾行してくるヤツがいることに気がついたんだから、誉《ほ》めてほしいと思う。まあ、長いつき合いの賜物《たまもの》というか、そいつの尾行が激烈に下手《へた》くそだったという方が要因としては大きいんだろうけど。

何というか、ムダに存在感があるのだ。体が小さい分隠れやすいはずなのに、どういうわけか妙に目立つ。むしろ、気づかない方が難しい。

小学生の頃《ころ》も、そのアンポンタンは隠れんぼや缶蹴《かんけ》りが致命的に苦手だった。一〇回やれば、七回か八回は真っ先に見つかる。そういうヤツだった。

千紗《ちさ》に「ちょっと待っててね」と言って、踵《きびす》を返す。そして、喫茶店の看板の陰に隠れている……つもりになっているツインテールもどきに声をかけた。

「何やってんのさ、ありす」

「あ、あれえ？　何でバレたかな……」

「向いてないからだよ、隠れたりするの。っていうか、バイトは？」

「いや、その……これからっていうか、一日くらいならサボってもへっちゃら……」

「ダメでしょ」

言葉につまったありすの目が泳いでいる。さて、気をつけた方がいいぞ、僕。苦し紛れに蹴りを放ってくるパターンだろう、と容易に想像できる。

「……くっ、こうなったらやむを得ないわ！　ちょえーっ！」

予想通り飛んできた回し蹴りを、「おっと」と言いつつバックステップでかわした。わはは、そう何度も蹴られてたまるか。だいたい、スカートで回し蹴りって。いつぞも言ったけど、少しは慎みとか恥じらいとかを持とうよ。女の子なんだからさ。

と、蹴りを空振った拍子に、ありすが鞄《かばん》の他《ほか》に持っていたショルダーバッグのベルトが外れて、その本体がこちらに飛んできた。反射的に受け止める。

「あっ。か、返せッ！」

かなり焦り気味に手を伸ばすありすから数歩、さらに後ろへ逃げた。何でそんなに必死なんだろう、と悪戯《いたずら》心が鎌首《かまくび》をもたげてきた。今回はかわしたけれど、何度も蹴られているのだ、少しくらいは仕返ししてやろうか。そう思って、バッグをちょっと開けてみた。

顔を出したのは、フリルのついた黒っぽい布地。スカート？

「こ、こらっ！　見んなっ！」

何だこれ、と考えた隙《すき》に、バッグをありすに引ったくられてしまった。

「何それ。バイトのユニフォーム？　あ、あれだ。ファミレスの……」

「ち、違うッ！」

「いや、絶対そうでしょ。えーと、ほら、銀行の向かいにある……」

「違うッッッ！」

ありすは奪い返したバッグをぎゅーっと抱えて、顔を真っ赤にして否定している。

そんな姿が、ちょっと面白かった。久しぶりに優位に立った感じ。よっぽど見られたくないんだろうなあ、ウェイトレス姿。

「隠さなくてもいいじゃん。あそこの制服って評判いいもんね。なんていうか、メイドさんっぽくて可愛《かわい》いって」

「ちーがーうーッッッッッ！」

「まあまあ。今度、ありすの制服姿を拝みがてら、売り上げに貢献しに行くから」

「な、なな……っ、ダメッ！　来んな！　絶ッ対に来んなッ！」

「あはは、違うと言いながら来るなとは、語るに落ちたね」

絶句したありすは、もはや涙目になっていた。そして、

「……竜太《りゅうた》なんか嫌いだーッ！」

とか何とか叫びながら、身を翻《ひるがえ》して走り去ってしまった。ありゃ、やりすぎたか。

それとほぼ同時に、千紗《ちさ》が「あの」と歩み寄ってきた。

「片桐《かたぎり》さん……ですか？」

「うん。走って行っちゃったけどね。何だったんだろ」

「何って……」

千紗は少し驚いたように、僕をまじまじと見つめた。

「あの……もしかして竜太さん、気づいてないんですか……？」

「え？　何が？」

「あ、いえ……何でもないです……」

千紗はそう呟《つぶや》いて、ありすが駆け去った方向を意味ありげにじっと見つめていた。

それはさておき、例の基地に到着。

どうやら、地上の建物部分には誰《だれ》も住んでいないらしい。まあ、それはそうか。もしかしたら、瓦解《がかい》する前の秘密結社の人たちが住んでいたのかもしれないけど。

僕がそんなことを気にしたのは、今日はまっすぐに普通のエレベーターで屋上に向かったからだ。まあ、さすがに途中の階で降りて確認して回ったわけでもないけど。

エレベーターから降りると、そこは屋上へ繋《つな》がるドアの真ん前だった。その辺の床に鞄《かばん》を置いて屋上に出ると、そこに広がっていたのはどんよりとした曇り空。何日か前に降った雨の名残が、まだ空に残っている感じだ。これから飛ぼうという話なのだから、晴れていればさぞ気持ちよかっただろうなあ、と思わずにはいられない。

「この建物には、『認識偏向フィールド』が張り巡らせてありますから、ここでスイッチを入れても他《ほか》の建物から見られることはありませんよ」

そう言いながら、千紗は早々と手首のスイッチを入れて変身してしまった。

それにしても、相変わらず素敵なお召し物でいらっしゃる。自然と目が胸元に……いや、ごほん。

「……にんしきへんこうフィールドって？」

「はい。えっと、お祖父様《じいさま》が言うには、認識のされ方自体をずらすことで、目や耳はもちろん、あらゆる機械からその存在を隠すという、画期的な発明なんだそうです」

「はあ？　いや、っていうか、何その便利発明。画期的すぎると思うよ……？　そんなことが可能なら、世界中の軍隊が欲しがると思うんだけど……」

「お祖父様《じいさま》もそう言っておられました。でも、だからこそ発表はできないんだそうです」

確かに。……っていうか、そのシステムを独り占めしていれば、何に対しても圧倒的に優位な立場が取れるわけで……。

え？　ちょっと待てよ。それってもしかして、レッドキャップ隊の、あのときの車……？

「あの、そんなことより竜太《りゅうた》さん、早速飛行テストをしましょう！」

小悪魔な尻尾《しっぽ》を犬のようにパタパタと振って、千紗《ちさ》は言った
いやいや、そんなことって。すごく大問題なんじゃないかとは思うけど……。

しかしまあ、ヒラの構成員としては総帥閣下には逆らえない。まして、きらきらした目で見つめられたりしたら、「うん」と答えないわけにはいかないいじゃないか。

それに、僕もどちらかといえば、レッドキャップ云々《うんぬん》より自分の体の方が身近な問題として興味があるわけで。

ネクタイを緩めてボタンを外し、スイッチを入れた。一瞬にして、僕の体は真っ赤なドラゴンのそれに変わる。う－ん、しかし、わかってはいても、この変身ぶりはすごいと思ってしまうなあ。

翼を広げてみた。昨日思った通り、やはり相当な大きさになる。

「あの、背中に乗せてもらってもいいでしょうか……？」

「え？　テストなんでしょ？　もし落ちたりしたら危ないと思うんだけど」

「大丈夫です。わたくしもある程度は強化されてますし、自在に動く髪の毛もありますから。それに、あの、竜太さ……じゃなくて、リンドヴルムさんだけに危ないことをさせるわけにはいきません」

「うーん、でも、一回試してみてからでも」

「いいえ。えっと、わたくしがむりやり引っ張り込んだんですから、そういうわけにはいかないと思うんです。それに、お祖父様が飛べると言い切ったのですから、絶対に大丈夫ですよ。テストっていうのも、飛び心地とか乗り心地を試したいっていう感じなんです」

……どうも、退く気はないらしい。昨日も少し思ったけど、千紗は案外頑固者だ。

「責任重大だなあ……」

渋々、乗りやすいようにと四《よ》つん這《ば》いになって膝《ひざ》を折る。千紗は伸ばした髪の毛を地面につけて支えにすると、その髪の毛で器用に自分の体を持ち上げて僕の背中に乗った。

残念なことに、頑強な鱗《うろこ》は感覚の伝達も阻害するらしい。背中に乗った千紗の重みは感じるものの、温《ぬく》もりとか感触とかは鈍くしか感じなかった。

四つ足でも立ち上がるというのだろうか？　屈《かが》めていた四肢を伸ばして身を起こした。

と、千紗が小さく「きゃ」と声を上げる。

「大丈夫？」

振り返って、背中に問いかけた。どうやら少しバランスを崩したらしい。

「あ、はい。……あの、ちょっと怖いので、髪の毛を巻きつけてもいいですか……?」

「うん、構わないよ。翼の周辺以外なら」

「ありがとうございます」

早速、髪が首に巻きついてくる。首かよ……とは思ったものの、硬い鱗《うろこ》のおかげで首が絞まったりすることもない。感覚的には、きちんとネクタイを締めた程度の窮屈さがあるだけだった。つまりは、全然問題ないということだ。

「いい? 行くよ?」

「あ、はい!」

千紗《ちさ》は巻きつけた髪を手綱のように握ってバランスを取った。その様子を確認して、僕は助走を開始する。一歩ごとに、足の爪《つめ》が屋上のコンクリートを削り傷を刻んでいく。ドクターが言っていた通り、ものすごい強度だ。

床を蹴《け》って、翼を大きく羽ばたかせる。体が浮いた。

……行ける! 直感的にそう判断して、さらに羽ばたいた。屋上から出て、となりのマンションも飛び越えて、それでも高度は下がらない。

「ほら、ちゃんと飛べましたよ!」

興奮気味に千紗が叫んだ。

「うん。すごいね、千紗のお祖父《じい》さんは。こんな大きな体で飛べるように設計できるなんて、正直信じられないよ」

「はい。えっと、お祖父様は、通常の航空力学や鳥の運動理論だけでは無理なので、反重力理論も応用したって言ってました」

は、反重力ぅ!?

「ムチャクチャだよ……」

「あの、リンドヴルムさん、少し高度を上げましょう。下で騒ぎが起こりつつありますよ」

確かに、僕らを見上げて指さす人たちが増え始めている。もう基地から離れたのだから、姿を隠してくれる認識偏向フィールドからは出てしまったということか。

「了解。千紗、しっかり掴《つか》まっててね」

背中から「はい」という返事を聞きつつ、言われた通り上昇する。

「えーと、それから、この姿のときに本名を呼ぶのは厳禁です。正体がバレたりしたら大変なことになりますから」

確かに。まだ何も悪事は働いていないけど、体に反重力何とかみたいなオーバーテクノロジーが組み込まれているのだ。見た目からしても、存在そのものが注目を集めてしまうに違いない。なるほど、そのためのコードネームというわけだ。

「そうだね。でも、だったら、ラプンツェルこそ素顔のままで大丈夫なの？　僕はこの姿だからよほどのことがない限りバレないとは思うけど……」

「あ、その点は問題ないです。実はこのティアラには少し仕掛けがありまして。認識偏向ヴェールといって、顔の周辺だけ認識をぼやけさせる効果があるんです」

うわ、また出たよ、便利発明。名前からして、認識偏向フィールドの応用というか簡易版みたいな感じか。しかし。

「……ぼやけているようには見えないけど？」

「そうですね。リンドヴルムさんはわたくしを……ラプンツェルを久喜島千紗《くきしまちさ》だとキッパリ認識しちゃっているので、効果はないかもしれません。でも、他《ほか》の人たちは、後でわたくしがどんな顔だったか思い出せないはずです。たぶん、写真とかに撮られてもピンぼけみたいになって見えることになります」

「ならいいけど……。それと、コードネームにさんづけもないんじゃない？　今はデーモンテイルの親玉なんだし、もっと偉そうにしてる方がいいんじゃないかな」

「そういうものでしょうか……？」

ラプンツェルは首を傾《かし》げた。

「秘密結社の総帥ってそういうもんじゃないの？」

「それはそうかもしれませんけど……。では、お言葉に甘えて、今後はリンドヴルムと呼ばせて頂きます。でも、あの、リンドヴルムこそ、もっと偉そうな方がいいですよ。こんなに大きくて強そうなんですから」

「僕が？」

「あ。まず、その僕っていうのが、あんまり似合ってないんですよ」

……なんだか人格を全否定された気分なんですけど。

「似合ってないかなあ……」

「あ、あの、今は、ですよ？　ドラゴンには、って話ですから」

「そりゃわかってるけど……じゃあ、何なら合う？　俺《おれ》？　私？　吾輩《わがはい》？　小生？」

「ええと……」

「我。拙者。それがし。みども。余。朕《ちん》。麻呂《まろ》。それでもダメなら……ええと、俺様」

「それです！」

即答ですか。それも、よりによって俺様……。

「まあ、『俺様』はともかく、バレないためのキャラ作りみたいなことは必要なのかもね」

さすがにこの姿で、普段の僕を思い浮かべる人はそうはいないと思うけど。

「そうですね。そういう意味では、わたくしも偉そうにした方がいいのでしょうか……？」

しばし考える。俺様……。三国志《さんごくし》や水滸伝《すいこでん》に登場する武将や豪傑《ごうけつ》のようなイメージだろうか。まあいい、何かそういう仮面をもう一つ作ればいいだけだ。

「さてな、自分で考えろ。ま、俺様は無理してまでやる必要はないと思うがな。……とか、こんな感じ？」

「……そうです、そうです！　まさにイメージ通りです……！」

今にも手を叩《たた》き出しそうな勢いで喜んでいる。何だか学芸会の練習を過剰に誉《ほ》められたみたいで、ちょっと居心地が悪い。

さらに羽ばたく。もう、基地からはずいぶん離れてしまっていた。

と、ラプンツェルは眼下に何かを見つけたらしい。

「あの、リンドヴルム、あれは何の騒ぎでしょう?」

そう言って、手綱の髪の毛から右手を放して地上を指さした。

広い川に架かった大きな橋のたもとに人が集まっている。一様に水面を見つめているところを見ると、僕らの姿を見つけて騒いでいるというわけではなさそうだった。川の水は何日か前に降った雨で増水し、茶色く濁っている。

「気になるな……少し下りてみるか。イヤな予感がするのは俺様《おれさま》だけか?」

「あ、続けるんですか? 俺様」

「こういうのはな、平時から意識的にやっておかないと、いざというときにボロが出る」

「……なるほど。あの、ところでイヤな予感って……?」

「増水した川に人だかりだ。思いつくことなどそう幾つもないだろう?」

「あっ。……もしかして、誰《だれ》か落ちた……?」

「おそらくな」

さて、できれば助けたい。問題はこの悪の総帥閣下をどう説得するか、だが……。

「大変です、リンドヴルム! 早く助けましょう!」

「……え?」

ある意味、度肝《どぎも》を抜かれた。

「え……えーと、僕ら、悪の秘密結社じゃなかったっけ？」

思わず素に戻って訊《き》いてしまったが。

「何を言ってるんですか！　わたくしたちなら、今すぐに助け出すことだって可能でしょう！　それとも、リンドヴルムは溺《おぼ》れている方《ほう》を放っておくつもりなんですかッ!?」

ははは、まあ、仰《おつしや》ることはごもっともですが。

「……いや、説得する手間が省けた。行くぞッ！」

「はいッ！」

ラプンツェルの返事を確認し、急降下を開始する。

人だかりの上を越える際に、「ともひろーッ！」と何度も叫ぶ女性の声が聞こえた。恋人か、子どもか、落ちた人物の名前だろう。ほぼ同時に、僕らを見て驚く声も相当数聞こえてくる。構ってはいられないけど。

「リンドヴルムッ！　いました、あそこッ！」

「了解ッ！」

もがきながら流されていくのは男の子だった。小学校低学年……いや、もっと小さいかもしれない。その子を見据えつつ、速度は落とさず水面ギリギリまで高度を下げた。何度か尾が水面に触れて、後ろに水しぶきが立った。

「もう少し……もう少し、前にッ！」

背中から言われるままに、位置を微調整する。と、ラプンツェルが「えいッ！」というかけ声とともに、ピンク色の髪の毛を水面に伸ばした。髪の毛が男の子に絡みつく。

「……掴《つか》みましたッ！」

「よし、放すなよッ！」

すぐに高度を上げ、旋回した。ラプンツェルも、空中で髪の毛を縮めて男の子を手元に回収する。男の子は僕の背の上で激しく咳《せ》き込み、水を吐いた。

人が集まっていた橋に戻り、アスファルトの上に四つ足で降り立つ。ほとんどの群衆の注目は、もう完全に男の子から僕らに移行していた。

「すげえ、ドラゴンだ……」

「何？　映画のロケ……？」

「馬鹿《ばか》、んなわけねえだろ！　普通こういうのはCGで……」

「空、飛んでたぜ。どういう仕掛けだ……？」

そんなざわめきの中、ラプンツェルは男の子と一緒に僕の背中から降りて、まだ咳き込んでいる彼を地面に降ろし、背中をさすっていた。

そこへ、「ともひろーッ！」と名前を呼びながら、一人の女性が駆け寄ってくる。

「お母様ですか？　とにかく、無事で何よりでした」

ラプンツェルは立ち上がって一歩下がった。母親はまだ咳き込む男の子を抱き締める。

「まだ無事と言うには早いだろう。かなり水を飲んでいる。早く医者に診《み》せるべきだ」

僕がそう言うと、群衆は口々に「喋《しゃべ》った……！」とか何とか驚いていた。まったく、失礼な話じゃないか。あんぎゃあー、とでも吠《ほ》えていろというのだろうか。

「救急車は……いや、そもそも救助に消防は呼んでいるのか？」

群衆を見回して僕が問うと、たじろぎながらも何人かが首を縦に振った。うん、だったら問題もなさそうだ。

「あ……あの、ありがとうございます。……でも、あなた方は、一体……？」

ようやく落ち着き始めた子どもを抱き締めたまま、母親が僕とラプンツェルを交互に見上げながら、言った。

「なに、ただの通りすがりだ。名乗るほどの者では……」

しかし、僕が言い終わる前に、

「わたくしたちは、世界征服を目論《もくろ》む悪の秘密結社、デーモンテイルの者です！」

と、ラプンツェルが堂々たる名乗りを上げてしまった。

「おい、ちょ……」

「わたくしはラプンツェル！　こっちの彼は、リンドヴルムといいます！」

「待て待て待て！　秘密結社が堂々と名乗ってどうするッ！」

「えー。でも、あの、どうせ見られてますし。それに、名を問われて名乗らないというのは、礼儀に反すると思うんです」

いやまあ、そりゃそうだけどさあ。

と、遠くからサイレンの音が聞こえてきた。ようやくレスキューのお出ましらしい。その音に、ラプンツェルが「どうしましょうか?」という目を向けてきた。

「お暇《いとま》するか。もうやるべきことは終わっている。ここにいても、我々にできることはない。これ以上騒ぎを大きくしたくもないし、事情の説明などを求められても面倒だ」

「そうですね」

そう答えつつ、ラプンツェルは髪の毛を僕の首に巻きつけ、背に跳び乗った。そのアクションに、周囲からまたどよめきが起きる。

「行くぞ」

「はい。それではみなさん、ご機嫌よう!」

飛び立ち際、そう言ってラプンツェルは群衆に手を振った。悪の秘密結社を束ねる総帥の行動ではないと思うんだけど……。

そして、空を行く僕らの下で、入れ違うようにやってきた消防の車両に乗った隊員たちが、驚いて僕らを見上げているようだった。

「……やりきっちゃいましたね、『俺様《おれさま》』キャラ」

ビルを越える高度に至った頃《ころ》、ラプンツェルが言った。

「やりきれなければ意味がない。今後も、他《ほか》に誰《だれ》もいなくともこの姿のときはこの喋《しゃべ》り方を続けるつもりだ」

「すごいですねぇ。演劇部も真っ青ですよ」

「台本もなしの即興劇だがな」

「なおすごいですよ。わたくしなんか、偉そうにとか、すっかり忘れていました」

「ま、もう遅いが。すでに姿をさらした後では」

「ですよね。……っていうか、あの、どのみち無理だったと思います」

ラプンツェルはそう言って無邪気に笑った。反省の色さえなく、完全に開き直っている。

まあ、別段問題もないとは思うけどね。髪の毛の色とかも違ってるし、何より、千紗《ちさ》を知っている者は、千紗がラプンツェルの格好で出歩くこと自体想像もできないだろう。

「……それにしても、懐かしいですよね。あの男の子くらいの頃《ころ》ですよ、指輪を探してもらったのって」

「そう言われれば、確かに」

「無事に助け出せてよかったですね。……風邪とか、ひかなければいいんですけど」

「……そうだな」

お優しいことだ。もはやラプンツェルは、自ら名乗った組織の属性さえ綺麗《きれい》さっぱり忘れてしまっているようだった。

さて。何にせよ、初のリンドヴルム本格稼働だったわけで。

基地に帰投した後、データ採取や各部のチェックをしておきたいというドクターの意向に従《したが》って診察を受けた結果、家に帰り着いた頃にはすでに暗くなっていた。

家の明かりは点いていない。ということは、母は帰っていないということだ。この時間に帰宅していないなら、今晩は帰ってこないかもしれない。

　鍵《かぎ》を取り出して玄関のドアを開け、家に入る。照明を点けて自室に入り、鞄《かばん》を置いて制服のネクタイを外した。

　と、シャツを脱ぐ前に来客を告げるチャイムが鳴った。というか連打された。

　溜《た》め息《いき》が漏れる。こんなチャイムの押し方をするヤツは、僕が知る限り一人だけだ。着替えを中断して玄関に出る。ドアを開けると、

「車庫のシャッターくらい閉めなよ。不用心だぞ？」

　とか何とか言いながら、ありすが僕を押し退けて入ってきた。勝手知ったる何とやらというか、さっさと靴を脱いで、ツインテールもどきをぴょこぴょこと弾ませながらキッチンへと向かっていく。ってか、脱いだ靴くらい揃《そろ》えられないのか。まあ、もう毎回のことなのでゴチャゴチャ言う気もないけど。

「バイトは？」

「ん？　終わったよ。高校生がそんなに遅くまで働けるわけないじゃん。それよりさ、この時間に車がないってことは、今日も小母《おば》さん遅いんでしょ？」

「だろうね。帰ってこない確率もかなり高いかな」

　仕方なしに、ドアを閉めて、ありすの靴を揃えてから後を追った。

「だと思って食材を買ってきた。ウチの店ってケチくさくてさ、賄《まかな》いとか出ないいんだよね。信じらんないでしょ？　あ、はい、これレシート」

近所のスーパーのビニール袋をどんと置いて、レシートを僕に突きつける。つまるところ、金を出せという要求だ。世話好きな幼馴染《おさななじ》みを装ってはいるものの、結局、ありすは晩飯をたかりにきているだけなのだ。

毎日とまではいかないまでも、昔から結構な頻度で起こりうる日常の一コマだ。

そのレシートを受け取りつつ、

「もやしにキャベツ半玉に、見切り品で半額の鶏挽肉《とりひきにく》……何でこう買うものがせこいというか、貧乏っちいかな」

「節約よ、節約。贅沢《ぜいたく》は敵なの。キャベツなんか特売品だぞ？」

どうせ金は僕に出させるクセに、とは思うものの、まあ、確かにあんまり高いものばかりを買ってこられても困る。

渋々、レシートの金額より若干多めのお金を財布から出した。下何桁《けた》かの細かい部分は面倒なので大目に見ることにしている。「毎度」と上機嫌でお金を受け取ったありすは、腕まくりするような動作をしつつ、「さて、じゃあ料理を……」とか言い始めた。

「却下、回れ右。どうせできないんでしょ」

勉強もスポーツもできて学校では非の打ちどころがないありすだけど、どういうわけか料理だけは一向に上達しないのだ。

まあ、自炊の話を聞く限り、茹《ゆ》でたもやしに塩をかけて食ったとか、延々納豆かけご飯が続いているとか、そんなのばかりで、そもそもそれを料理と呼んでいいのかどうかさえ疑わしい気もするんだけど。

ただ、ここでまでそれをやられて、その上つき合わされたんじゃあ堪《たま》らない。

「でもさー、こういうときは女の子が作るのがお約束じゃん」

「そういうセリフは、せめて包丁の使い方くらい覚えてから言おうね」

不満そうなありすを調理台の前から退《ど》かせて、まず冷蔵庫の中身をチェックした。何をどうするにしても、ありすが買ってきた食材だけでは寂《さび》しすぎる。

野菜室に昨日使ったピーマンとニンジンの残りを発見。うん、何とか野菜炒《いた》めの体裁くらいは整いそうだ。ご飯は冷凍してあるストックがあるから、それをレンジアップすればいい。味噌汁《みそしる》もインスタントでいいや。

調理開始。とはいっても、材料をごま油と塩コショウで炒めるだけのお手軽料理だけど。

「……えっと、あのさ、竜太《りゅうた》」

ニンジンを刻んでいるときに、後ろからありすが声をかけてきた。何だか歯切れが悪い。

「何？」と、振り返る。

すると、ありすは僕の視線から逃げるように目を逸《そ》らして、珍しくもじもじしつつ、

「あー、えっと、最近、ちょくちょく千紗《ちさ》ポンと一緒に帰ってるじゃん？　今日もそうだったし……その、もしかして、二人でどっか遊びに行ったりしてんの？」

む。何でまたそんなことを訊《き》くかな。まさか赤いドラゴンに変身して千紗を背中に乗せてました、とも言えないし。

「うん、まあ、本当はみんなで遊びに行ければいいんだろうけど、ありすはバイトだし高《たか》槻《つき》さんは部活だしね。でも、遊びに行ったたってほどのことでもないよ。その辺をぶらついてただけだから」

適当に嘘《うそ》を並べつつ、顔を調理台へと戻して、鶏挽肉《とりひきにく》をフライパンに投入、軽く味をつけつつほぐしながら炒《いた》めていく。

「あ、そうなんだ……」

ありすの声を背後に聞きつつ、他《ほか》の材料も順次フライパンに入れて、炒めながら予定通りの味をつけた。最後に風味づけのごま油を回し入れて、完成。『鶏挽肉入り野菜炒め』とでもいったところか。これだって料理と呼ぶのはおこがましいと思うけど、それさえできないありすって……。

「で、何でそんなことを？」

簡単料理を皿に盛りつけてテーブルに置き、冷蔵庫から昨日作っておいたキュウリの浅漬《づ》けが入ったタッパーを出しながら、訊《き》いた。

「え？　あ、いやあ、毎回思うんだけど、竜太《りゅうた》って料理上手《うま》いよね！　手際もいいし！」

目の前に置かれた野菜炒めの皿を食い入るように見つめつつ、ありすが言う。あからさまに話題を変えてきたな。まあいいけど。というか、僕としても助かる。

解凍したご飯とお湯を注いだだけの味噌汁《みそしる》をテーブルに置くと、ありすは僕が座るのも待たずに「いただきますっ」とご飯茶碗《ちゃわん》を片手に野菜炒めに箸《はし》を伸ばした。

「旨《うま》い！」

いつものことながら、その食いッぷりたるや、飢えた獣にも引けを取らない。何でこの食欲があって成長しないんだろうなあ。背丈も胸も。普段そんなに食えてないのか。

「そりゃどうも」

僕も席について食事を始めつつ、

「……あー、えーっと、それよりさ、ありす。その、今日はごめん」

と謝った。箸を止めて、ありすはキョトンと首を傾《かし》げた。「何が？」と顔に書いてある。

「いや、帰りにさ、鞄《かばん》開けたりしちゃったのは、ちょっとやりすぎだったかなって」

「あー。そんなこと気にしてたの？　あんなのへっちゃらだって」

ありすは苦笑というか、半分呆《あき》れたような笑顔で、

「今さらその程度でどうにかなる仲でもないじゃん。それにさあ、そんなことくらいで謝られたら、毎日蹴《け》り入れてるあたしはどうなんのよ」

……ほほう、自覚はあるわけですか。

「ただし、仕事場に来たりしたら、手加減一切なしで蹴るからね」

一転、気の強そうないつもの顔に戻って、ありすは言った。

「何で？　そんなに嫌がんなくてもいいでしょ。ああいう制服って、絶対ありすに似合うと思うんだけどなあ。可愛《かわい》らしくて」

小柄で童顔のありすには、実は女の子らしい服装がよく似合う。ただし、黙っていれば、

という条件はつくけど。

「……ッ！」

ありすの顔が一瞬にして真っ赤になった。そして、うつむいて数瞬。

「やっぱりダメ！　絶ッッッッッ対に、ダメっ！」

何もそこまで力一杯拒否しなくても。

ウェイトレスの制服姿って、そんなに恥ずかしいものなのだろうか。跳び蹴《げ》りだの回し蹴りだので散々パンツは見せるクセになあ。やれやれ。

＊

翌朝には、子どもを助ける僕らの姿がかなり鮮明な画像でニュースに使われていた。千《ち》紗《さ》の言葉通り、どの局の映像でもラプンツェルの顔だけは見事にぼやけていたけど。聞いた話では、ネットにも色々と僕らの画像や動画がアップされているのだとか。

こうなってくると、気にならないはずがない。僕は登校してから教室でも、携帯でテレビ番組をチェックしていた。もちろん、マナーとしてイヤホンは着用している。

『こんなものはね、ＣＧで作ったに決まってますよ！　世を騒がそうとする愉快犯の仕業なんです！』

歯に衣《きぬ》着せぬ物言いで知られるコメンテーターがそんなことを言えば、

『いや、これは地球上の生物とは思えません。おそらく、他《ほか》の銀河系からやってきた知的生命体が我々人類に接触を図ったのだと考えるべきでして……』

とUFOの第一人者を自負する自称研究家は熱っぽく語っている。それらの発言を受けて、司会者は、

『少なくとも目撃者が大勢いらっしゃるそうですし、川に流された男の子を助けようと駆けつけた救助隊の皆さんも口を揃《そろ》えて同じものを見たと証言しておられるわけですから、CGということはないと思うんですが……。しかし、宇宙人なんていうことが本当にありうるんでしょうか？』

『だから、彼らが名乗っている名前は元ネタといいますか、由来があるんですよ！　ラプンツェルはご存じの通りグリム童話に登場するヒロインの名前ですし、リンドヴルムもドイツ語で「翼のあるドラゴン」を指す言葉なんです。本来は「のたくる長虫」程度の意味ですが、西洋では蛇からの連想か、長虫という単語はよくドラゴンを形容するのに使われるんですよ。一番有名なのは、スウェーデンの伝承でしょうかね。タイトルもズバリ「リンドヴルム王子」で、竜の姿で生まれ落ちた王子の物語です。おそらくはこの物語から取った名前なのでしょう。デーモンテイルっていうのも、たぶん、ふざけておとぎ話を意味するフェアリーテイルをもじったんですよ。こんな名前を用いているんですから、宇宙から来たなどと騒ぐのは実にナンセンスだと言えるんです！』

『いやいや、宇宙人だって地球の文化を研究しているのですよ。ですから、我々に馴染《なじ》み

のある名前をあえて用いたとしたって何の不思議もないでしょう。だいたい、宇宙から来たのではないとしたら、彼らは何者だというのですか』

そこへまた、別の出演者が割り込んできて、

『地球上のすべてを人間が把握していると考えることこそ傲慢《ごうまん》でしょう。地球上のどこかに、我々の知らない種が独自の文明を持っていたとして何の不思議がありますか。我々人類は地球の全土を掘り返しましたか？　海溝の底を隅々まで見て回りましたか？』

などと言い出し、良識派の失笑を買う。

『はは、未発見の生物がいたというだけならまだしも、人間以外の知的生命体の文明が地球上のどこかに存在するというのはさすがに無理があるでしょう』

たったあれだけの活動で、この騒ぎだ。その混乱ぶりが、少し面白かった。自分が取った行動で、ここまで世間が反応する。それが、ちょっと気持ちいい。

……何だか、放火魔とかの心理に近いような。もしかして、僕にはそういうよからぬ潜在的な願望があるのだろうか。まあ、少なくともストレスとか不満とか、鬱屈《うっくつ》した何かを抱えているのは間違いないと思うけれど。

『ラプンツェルと言いましたか？　女性の方は世界征服を目論《もくろ》む秘密結社とか名乗っていたのでしょう。本当に世界征服を企《たくら》んでいるのだとしたら、これは大変ですよ』

『そもそも、警察は動いているんですかね？』

『いや、しかしですね、彼らがやったことと言えば、溺《おぼ》れている男の子を救助しただけで

しょう？　いったい何の罪状で逮捕するんです？』

『貴方《あなた》は何を言っているんですか！　世界征服を口にして日本の国土に断りもなく侵入しているんですから、本来警察どころか自衛隊の出番なんですよ！』

『違う違う！　ですから、宇宙人に国家などという低レベルな概念はないんですよ。人命救助をしてくれているんですから、友好的な宇宙人だと思いますよ？　世界征服とかも、彼らなりのジョークかもしれません。今、我々地球人はその文明レベルや思考レベルを試されていると考えるべきで……』

テレビの議論は、何だかヒートアップする一方だった。司会者が話を切り上げたがっているが、なかなかそれが上手《うま》くいかないらしい。

と、後ろから肩を叩《たた》かれた。イヤホンを外して振り返ると、千紗《ちさ》と高槻《たかつき》さんがいた。よほど気に入ったのか、今日も千紗はお団子頭だ。

「お早うございます、竜太《りゅうた》さん」

「あ、うん。お早う」

しかし、高槻さんはあいさつもなしに僕の携帯の画面を一瞥《いちべつ》し、深い溜《た》め息《いき》をついた。

「お前もか。まったく、どいつもこいつもメディアに踊らされて」

「……あの、すみません。姫《ひめ》ちゃん、ちょっと今朝はご機嫌斜めなんです。どこのチャンネルも同じニュースばっかりだって」

千紗は困り果てたような苦笑いで、遠慮がちにそう説明してくれた。

「当たり前だ！　こんなの、どう考えたって作り物に決まってるだろう！　それをまあ、考えもなしにどこもかしこも飛びついて……！」

もともと威圧的な武道家のオーラを放っている高槻さんだから、腕組みをして声を荒らげたりすると恐ろしく迫力がある。僕はその迫力に若干たじろぎつつも、

「でも、見た人も多いって言ってるよ？」

「あのな、こういうランチキ騒ぎが始まると、便乗しようとする馬鹿《ばか》が絶対に出てくるものなんだ。とりあえず見たと言っておけば、インタビューでテレビに映れたりするしな」

「なるほど……」

確かに、至極もっともな意見ではある。

「だいたい、ドラゴン？　宇宙人？　ちょっと考えればわかるだろう。非科学的だ。荒唐《こうとう》無稽《むけい》だ。その影響力も考えずにテレビで軽々しく怪力乱神《かいりょくらんしん》を語らないでほしいものだ」

「……確かにそうだね」

はは、一刀両断にされてしまった気分だ。

「ドラゴンもドラゴンなら、一緒にいる女も問題外。何がラプンツェルだ、ただの露出狂じゃないか。あんな格好で出歩くなんて、正気の沙汰《さた》じゃないだろう。それにピンクの髪って、馬鹿じゃないのか。どこのアニメの話だ。現実に存在するとは思えないだろう」

「……ろ、露出狂………」

メッタ斬《ぎ》りにされて、千紗が凹《へこ》んでいる。斬っている当人も、となりに本人がいるとは

夢にも思っていないことだろう。

「とにかく、私たちは氾濫《はんらん》する情報を的確に取捨選択できるよう、日夜センスを磨いていかねばならないのだ」

どこかで聞いたようなセリフだけど、まあ、宇宙人やら未知の文明やらを肯定するよりはずっとまともな考え方だとは思う。

そこへ、「何？　何の話？」と、ありすが割り込んできた。

「何って、知らないのか。各局、デーモンテイルとかいうドラゴンと女のニュースで持ちきりじゃないか」

しかし、その高槻《たかつき》さんの言葉にありすは素で首を傾《かし》げている。

「あ。あの、もしかして、アルバイトで忙しくて、テレビを見ている時間もないんですか？」

「いや、っていうか、あたしんちテレビないし」

えーっ、と異口同音に千紗《ちさ》と高槻さんが目を見張る。

「別になくてもへっちゃらだぞっ？　電気代もかかんないし、勉強にも集中できるし」

二人の同情の視線を受けつつも、ありすは実にあっけらかんとしている。

「ま、時間がないってことはないよね。人の家に晩飯をたかりに来る暇はあるんだし」

僕の嫌味になぜか千紗が「ええっ!?」っと反応した。こころなしか、口元が引きつっているような。

　ありすはそんな千紗を見て、次に僕を見て、また千紗を見て、何を思ったのか勝ち誇ったようにふんぞり返って満面の笑みを浮かべた。そして、

「あ、うん。昨日はごちそうさま！　いやあ、竜太《りゅうた》って料理上手《うま》いからさあ、つい甘えちゃうのよねー」

　とか何とか。何で今日に限ってこんなに素直なんだろう？

「まあ、何だかんだで竜太のご飯は貴重なライフラインだからさ、またよろしくね！」

　と、バシバシと僕の背中を叩《たた》いたり。痛い痛い。

「はいはい。どうせいつものことだしね」

「そうそう、いつものことだもんねー。いつものこといつものこと！」

　不自然なくらい『いつものこと』を強調しつつ高笑いするありすの脇《わき》で、千紗は黙り込んでしまっていた。何だ、この妙な空気。

　で、そんな二人を見やりつつ、高槻さんは実に愉快そうに含み笑いをするのだった。

第四章　天使のような悪魔の尻尾《しっぽ》

さて、そのニュース云々《うんぬん》で騒ぎ立てていた日も含めて、中間試験が近づいてきた関係で、『世界征服』に勤《いそ》しむような余裕はなくなってしまった。さすがに僕も千紗《ちさ》も、成績とか試験の点数を無視できるほどの度胸はない。そして、ありすのように週七日フルでバイトを入れながらトップを取れてしまうほどの脳みそも持ってはいないのだ。

それで高校生らしく試験勉強に精を出した結果、気がついてみれば、川で男の子を助けてから一度も世間に姿を現すことなく二週間が経過していた。

あれだけ大騒ぎになっていた報道もさすがに沈静化して、今ではまた『アンシーリーコート』とか『レッドキャップ』の名前が新聞やテレビを賑《にぎ》わしている。

で、僕は今、千紗に呼び出されて、久しぶりに基地を訪れていた。

こうして僕が基地にやってこられたのも、試験が終わったからに他《ほか》ならない。

我が校は中間にせよ期末にせよ、試験の後には一日だけ休みがあるのだ。先生方にとっては採点に充《あ》てるための忙しい一日らしいのだが、僕ら生徒にとっては張り詰めた試験の後の貴重な休息だ。

基地の建物に入るなり、何もしなくてもドクターが先手を打って色々動かしてくれた。いつぞの無骨な隠しエレベーターもそうだったし、降りてからも度々マニピュレーターが降りてきて進むべき方向を指し示してくれた。

「お早うございます」

僕はかつて改造された大広間に着くなり、言った。事実、まだ午前中だ。

『お早うございます。何だか久しぶりですね。……ああ、千紗なら作戦立案中だとかで別室に籠《こ》もってますよ』

作戦……。その言葉に不安を掻《か》き立てられるのはなぜだろうか。

『ところで、赤尾《あかお》君はこれはできますか？』

声とともに降りてきた二本のマニピュレーターが持っていたものは、かなり立派な将棋《しょうぎ》盤《ばん》と駒《こま》のケースだった。

「ええ、まあ。何度かコンピュータ・ゲームとかでやった程度ですけど」

少なくとも、一目で将棋盤か囲碁盤かを識別できるくらいには、わかっているつもりだ。

『充分ですよ。私も下手《へた》の横好きですから』

……よく言う。この手のゲームで自分は弱いという人間ほど強かったりするのはお約束だ。まあ、何を賭《か》けているわけでもない以上、別に負けても構わないんだけど。

『是非、一局お願いしますよ。ほら、女の子はなかなかこういうものに興味を持たないでしょう。だから相手がいなくて寂《さび》しかったんですよ』

「ええ、構いませんけど……」

僕が答えるなり、別のマニピュレーターが座布団まで用意してくれる。で、そっちに気を取られているうちに、ドクターは将棋盤《しょうぎばん》を置いて駒《こま》を出し始めている。やる気満々だ。

遠慮なく座布団の上にあぐらで座り、僕も駒を並べ始めた。

「手っ取り早く対局できる機械とか、作らなかったんですか？」

『ははは、必要ないでしょう？ 駒と盤さえあればいいんですから。ただ、このマニピュレーターは優れものですよ。ほら』

と、ドクターは並べ終えた歩を一枚、ぱちんと鳴らしてみせた。

『生身の手と遜色《そんしょく》ない音が出せる設計でして』

「……はあ」

ムダな機能だと思います、ドクター。

とにかく、胸を借りるつもりで指し始める。

が、序盤も序盤で、僕は混乱に近い戸惑いを覚えていた。ヘボはヘボなりに、相手の力量くらいはかれたりするものだ。強い相手ほど一手一手の意図が読めなかったりするし、簡単には攻め入らせてもらえなかったりする。

しかし、ドクターは、何というか、……本当に下手《へた》の横好きだった。

ヘボ将棋、王より飛車を可愛《かわい》がり、という言葉がある。勝敗に影響する王将よりも使いやすい飛車を大事にする……つまり、勝負の本質を履き違えていることを揶揄《やゆ》した言葉だ。

ドクターの将棋はまさにそれだった。しかも、度が過ぎている。飛車を活躍させるために将棋を指している、そんな感じ。たぶん、負ける方が難しい。

期せずして、長考に入ってしまった。果たして、全力で叩《たた》きのめしてしまっていいものだろうか、と。やはり年長者は立てるべきなのではないか、しかしあまりに露骨な手加減もいかがなものか、とか。顔色が見えない分、ドクターとの勝負はやりにくい。

『……君は優しい子ですね』

おもむろに、言われた。

「はい？」

『わかりますよ。私に花を持たせるべきかどうか考えているんでしょう？』

「いや、その」

図星を指されて、ちょっと焦った。

『遠慮は要《い》りませんよ。自分が弱いことは、自分が一番知ってますから』

「えっと……あの、人間のインスピレーションと機械の演算能力を持ってるんですよね？」

『ええ、持っているんですがね。こればっかりは、どうにもなかなか強くならなくて困っているんですよ』

まあ、コンピュータ的な演算能力を駆使して勝っても、面白くはないんだろうけど。

「じゃ、遠慮なくいきますよ」

ぱちり、と敵陣深くに角を打ち込んだ。ドクターの駒を頂戴《ちょうだい》しての一手。ドクターからすれば、かなり厳しいはずの手である。案の定、ドクターは『ううむ』と唸《うな》って考え込んでしまった。

待つことしばし。

「長考中申し訳ないんですけど」

暇というか、手持ち無沙汰《ぶさた》になって、言った。

「基地に施してある、認識偏向フィールドってありますよね。あれって、オフの状態から誰《だれ》かの目の前で作動させたりしたら、消えたように見えたりしますか？」

『……それは、そう見えるでしょうね』

「その装置、どのくらいのサイズなんです？　例えば、車に積んだりとか……もしくは、ちょっと大きめの懐中時計みたいな大きさだったりします？」

ドクターは少し言い澱《よど》んで、

『どこで見たんですか』

と聞き返してきた。

「レッドキャップ隊の隊長が目立つ懐中時計を持っていたんです。彼らが最初に話題になった事件、現金輸送車の襲撃……あのときに居合わせた少年って、実は僕なんですよ」

『なるほど……縁とは異なものですね』

「あはは、そうですね。僕も、まさか幼稚園でおもちゃの指輪を探した縁で、ドラゴンに変身することになろうとは思いもしませんでした」

『それはそうでしょうね。……ふむ、君には話しておくべきなのかもしれません』

「と、言いますと？」

『まず、認識偏向のシステムですが、この基地に張り巡らせているものの発生装置は八畳間を埋め尽くすくらいのサイズなので、持ち運びはもちろん携帯など不可能です。ですが、これを小型化した装置はすでに開発ずみです。赤尾《あかお》君が睨《にら》んだ通り、かつて私は懐中時計型の試作機を三つ、製作しました。もちろん、大型のものと違って永続的にフィールドを展開するほどの出力は維持できませんがね。試作当時で最大稼動時間は五分ほど、現在改良を加えたものでも一〇分が限界です。稼動時間を消費し切ってしまえば、次の稼動には、動力のチャージの他《ほか》に冷却期間として一時間ほど放置する必要があります』

それでも、携帯できるのであれば充分強力だと思う。

「動力のチャージって？　コンセントに繋《つな》いで充電……なんてお手軽じゃないですよね」

『もちろん違います。付属のネジ巻きを接続して、ゼンマイを巻くんですよ。曲がりなりにも懐中時計型ですからね』

はあ!?　ゼンマイって……一層お手軽じゃん！

「……あの、ドクター。思うんですけど、それを量産して、ついでに反重力何とかで空を飛べる装置でも作って、そういうので武装させた兵隊をたくさん用意した方がいいんじゃないですかね……？」

自在に空を飛べて一時的にとはいえ姿を消せる軍隊。こんな強力な軍隊はないぞ。

『ははは、認識偏向時計を三つしか作らなかった理由は、コストがかかりすぎたからです。それ一個で、おそらく最新鋭の戦闘機が余裕で買えてしまいますよ』

最新鋭の戦闘機……？　もはやいくらなのか、想像がつかない。なるほど、気軽に支給するわけにはいかないか。

「ってことは、僕の勘違いですか？　レッドキャップ隊は全員が消えているわけですし、勘定が合いませんよね……？」

『いえ、それ一個でもある程度の範囲はカバーできますから。君が見たように、ワンボックスカーくらいなら問題なく身を隠せます』

「では、やはりレッドキャップ隊はその装置を？」

『ええ、おそらく。順を追って話しますとね、赤尾《あかお》君。君が言ったような部隊を作るべきだ、と主張する人も、かつてのデーモンテイルには多かったんですよ。それを抑えて少数精鋭の改造人間計画を主張していたのが、先代の総帥だった千紗《ちさ》の父親でした』

　はあ。ま、その主張の真意はあえて問うまい。

『その三つの認識偏向時計のうち二つは、先代の死亡と組織分裂の混乱の中で紛失してしまっています。もっとも、その前から度々持ち出していた幹部がいたんですがね。軍隊設立派の筆頭格だった人物です』

「では、今はその幹部の手に？」

『十中八九、そうだと見るべきでしょう。しかし、証拠はありません』

「で、それは誰《だれ》なんです？」

『不明です。かつてのデーモンテイルでは、お互いの素性は明かさない、詮索《せんさく》しない、というのが暗黙のルールだったのですよ。その幹部は、組織内ではジェネラル・レヴィヤタンと名乗っていましたけどね』

「……よく成立してましたね、それで」

ってていうか、千紗のご両親も、千紗ほどではないにしても甘すぎたのではないだろうか。そんな組織を作りながら、構成員の弱味の一つどころか素性さえ掌握《しょうあく》していなかったなんて。裏切りや下克上を想定していなかったのだろうか。ぬるい。ぬるすぎる。

『しかし、そのおかげで千紗の素性も隠せているのですよ。こういう事態に備えて、あの子の両親はダミーの戸籍や身分を幾つも用意したり、遺言を遺《のこ》したりしていたわけです』

「……もしかしてドクターは、彼女のご両親が暗殺されたと考えているんですか？」

『証拠はありません』

イエスでもノーでもない返答、か。

可能性としては、かなり臭い。組織自体は乗っ取れなかったわけだが、そもそも目的が認識偏向時計であったとしてもおかしくはない。おそらく一番入手したかったのはドクターの技術力だったんだろうけど、さすがにこの人の性格的に無理だったのだろう。先代総帥の血縁でもあったわけだし。

ともかく、その幹部は当時の総帥のやり方に反感を覚え、何かを企《たくら》んで『アンシーリーコート』を設立し、認識偏向時計を持ち出して、レッドキャップ隊に貸し与えて資金集めをさせていた。あるいは、その無断持ち出しが揉《も》め事の一因だったのかもしれない。そして大胆にも暗殺を目論《もくろ》み、その混乱に乗じて認識偏向時計を手中に収めた……。

効果的にも、製作費的にも、認識偏向時計にはそうしてでも奪うだけの価値がある。その物が手の内にあれば、時間さえかければ量産だってできるかもしれないし。

「……かなりきな臭い話ですよね」

『まったくです』

ドクターが盤上の駒《こま》をようやく動かした。あまりいい手ではないが、予想通りの手だった。飛車を守るための手だ。

「そんな経緯があったのに、千紗《ちさ》を……っていうか、ラプンツェルを表に出しちゃってよかったんですか？　テレビにも映っちゃってますし、最悪狙《ねら》われたりとか」

訊《き》きつつ、ほぼノータイムで持ち駒の香車《きょうしゃ》を投入した。ドクターが守った飛車など無視しての、王の逃げ道を先回りで封鎖するための一手だ。

『むむ……。しかし、本人がやりたいと言う以上、ダメだとも言えないでしょう』

「それはそうでしょうけど」

『それに、そのために赤尾《あかお》君を、私の技術力の粋を結集して強力に改造したんですから』

なるほど、過剰なまでの能力はそのためか。

「僕はボディーガードですか」

『いえいえ、私は孫娘に幸せになってもらいたいだけでしてね』

「……は？」

『おっと、口が滑りました。今のは忘れて下さい』

何のことだろう。

そこへ、まるでタイミングを計ったかのように、

「お早うございます。竜太《りゅうた》さん、いらっしゃい」

と言いながら、ベージュっぽい淡い色のワンピースを着た千紗がやってきた。

いつも制服姿しか見ていないので、かなり新鮮だ。ちょっと大人《おとな》っぽい色合いだけど、胸元には大きなリボンがあしらってあったりして可愛《かわい》らしい感じ。それがまた、お団子頭にもよく似合っている。いやまあ、ネックとなっていた前髪を上げた今、千紗のスタイルならどんな服を着たって似合いそうな気はするけど。

「……将棋《しょうぎ》ですか？　あの、すみません。お祖父様《じいさま》につき合わされてるんですよね？」

「え？　あ、いや、別に。僕も嫌いじゃないし」

僕の肩越しに盤面を覗《のぞ》き込んだ千紗との距離感に、顔が熱くなるのを感じた。あと数センチで頬《ほお》と頬が触れそうなんですけど。近いって！

「ならいいんですけど……。どっちが勝っているんですか？」

『ははは、終始赤尾君に押されっぱなしですよ』

ドクターが飛車を動かした。その飛車に対応するべく、銀将を斜め前に進めた。

と、指してから気づく。僕は王を詰めるべく香車を投入したんじゃないか。飛車なんか放《ほう》っておこうと戦略を組んでいたのに。

くっ、動揺が隠せない。

「……？　どうかしたんですか？」

軽く凹《へこ》んだ僕に、千紗《ちさ》が首を傾《かし》げながら訊《き》いた。

「いや……何でも。それより、作戦を考えてたんじゃないの？」

「あ、はい。そうなんです。あのですね、やはり悪の秘密結社としては、悪いことをしなくてはいけないと思うんですよ」

「……そうかなあ」

「そうです！　そこで、考えました！」

千紗は立ち上がって豊かな胸を張り、堂々と宣言した。

「銀行強盗をやりましょう！」

「何で？」

思わず、間髪入れずに質問してしまった。

不思議そうな顔で、千紗は「え？」と訊き返してくる。

「あのさ……普通、銀行強盗って、資金調達とかのためにやるんじゃないのかな。デーモンテイルって、実は内情は火の車なの？」

「いえ、全然」

「じゃあ、何で銀行強盗を？」

「はい、だって、とっても悪いことじゃないですか」

つまり何か。千紗が思いつく一番悪いことが銀行強盗だったというわけか。

「……で、その作戦、どんな段取りで実行するわけ?」

「簡単ですよ。二人で乗り込んで、お金を持って飛んで逃げるんです!」

それは作戦と言わない。しかし、それができてしまう僕らの性能にも問題があるような気がしてならない。

「その勝負が終わったら、早速決行ですよ、竜太《りゅうた》さん」

『ああ、それならもう充分ですよ。このまま続けても、私の負けは動かないでしょう。年寄りが若い二人の予定を邪魔してもいけない、投了しますよ』

「……だそうです、竜太さん。さあ、行きましょう!」

千紗は僕の腕を引っ張って立ち上がらせようとする勢いだ。ちょっと微妙。その行為そのものは照れくさいながら嬉《うれ》しくもあるんだけど、これから行く先が銀行強盗とは……。

立ち上がっても、千紗は僕を引っ張るのをやめない。そのまま、連れ去られるように広間の出口へと向かった。

「それではお祖父様《じいさま》、行って参ります!」

『気をつけて行ってきなさい。あんまり赤尾《あかお》君に迷惑をかけないようにね』

ドクター、それが銀行強盗に行くと言っている孫娘にかける言葉ですか。

飛び立つのは屋上から、と千紗は決めているらしい。千紗はさも当然という顔でエレベーターを乗り継ぎ、僕を屋上まで引っ張ってきた。

今日は飛行テストの日とは違って青空が広がっている。雲一つない、とはいかないものの、飛んだら格段に気持ちよさそうだった。

「あのさ、千紗《ちさ》」

変身する前に、訊《き》きたいことを訊いておこうと声をかける。

「千紗は今、認識偏向時計って持ってる？」

「……ええ。お祖父様《じいさま》からお聞きになったんですか？」

「うん、まあ」

かいつまんで、レッドキャップ隊との経緯を話して聞かせた。

「そんなことがあったんですか……」

「うん。だからどうってことはないんだけどね。ちょっと見せてもらっていい？」

「あ、はい。これです」

ポケットから、千紗は懐中時計を取り出した。僕があのときに見た、リトル・レッドフードが首から提げていたものよりは一回りも二回りも小さかった。色も銀色で、ちょっとシックな感じ。リトル・レッドフードのものは懐中時計というには大きすぎて奇異な印象があったけど、これなら「普通の懐中時計です」と言い張っても不自然さはない。

「ずいぶん違うね」

「そうですね。これはお祖父様が何度も手を加えていますから、もう試作型とはいえないかもしれません」

　確かに稼動時間が倍になっているようなら、もう別物だ。

「少し安心したよ。ここまで違っていれば、万が一認識偏向時計を知っている人間に見られても気づかれないだろうからね」

「……はい？」

　千紗は不思議そうに首を傾《かし》げた。

「いや、認識偏向時計自体が狙《ねら》われる可能性もあるし」

「そんなに大層なものですか？　ただ少しの間、気づかれなくなるだけじゃないですか」

　千紗は、それの何が困るんだろう、とでも言いたげな顔をしている。

「すごいんだよ。特に、悪用しようとすればね。それに、認識偏向時計を持っているってわかったら、千紗が先代総帥の一人娘だってバレるおそれもあるじゃない」

「でも、あの、それがわかるのって、みんなデーモンテイルにいた人たちですよ。自分も関《かか》わっていた組織ですから、大っぴらに言いふらしたりはしないと思うんです」

「そうじゃなくてさ、例えば千紗のご両親が暗殺されたんだとしたら、犯人にそれを知られると……」

「えっと、あの、お父様とお母様は事故死ですよ？」

「……そうだね。ごめん、僕が悪かった」

　疑ってさえいないとは。どこまでお人好《ひとよ》しなんだ。……僕がしっかりしなきゃ。

「え？　あの、悪いって……何がですか？」

「いや、うん、もういいから。それ、わざわざ見せてくれてありがとう」

腑《ふ》に落ちない、という顔をしながらも、「はあ」と千紗《ちさ》は認識偏向時計をしまった。

これ以上、この話を続ける気はなかった。真意を追及されたりしても、説明するのも面倒臭い。なので、さて、と少しわざとらしく上着のボタンを外し始めた。今日は僕も私服姿なので、ネクタイを緩めたり外したりする必要はない。

さっさとリンドヴルムへと変身した。同時に、心の中でリンドヴルム用の口調スイッチもオンにする。

「ようやくやる気になってくれたんですね、銀行強盗」

黒目がちの目を輝かせながら、千紗が嬉《うれ》しそうに言った。

「そんなわけがあるか」

「えー、ダメですよ。リンドヴルムも悪の秘密結社の一員なんですから、自覚を持って頂きませんと」

頬《ほお》をふくらませて言いながら、千紗もラプンツェルへと姿を変える。そして、さも当たり前のように僕の背中へと跳び乗った。……別にいいんだけど、何だかすっかりラプンツェルの乗り物と化しているな、僕。

「さあ、いざ出発です！」

「……やれやれ」

総帥閣下の命令に従って、飛び立った。周囲は左右、どっちを見ても空と雲のコントラスト。眼下を見やれば、僕らの住む街がジオラマのように小さく見える。

「やっぱり、飛ぶなら青空がいいですよね！　ものすごく気持ちいいですよ！」

「まあ、それについては同感だが」

と僕が答えると、ラプンツェルは、

「ですよね！　さあ、リンドヴルム、もっと速度を上げましょう！」

とか言い出した。

僕をジェットコースターか何かと混同してませんか、総帥閣下。まあ、いいんだけどさ。

「了解。しっかり掴《つか》まっていろよ。……まったく」

苦笑しつつ、命令に従って大きく翼を羽ばたかせた。どんどん速度を上げていくと、青空の中で風を切る感覚は段違いに爽快《そうかい》だった。

背中からは、ラプンツェルの無邪気な笑い声が聞こえてくる。速い速い、と喜ぶ様はまるで子どものようだ。

……銀行強盗をやるなどと言い出さずに、こうやって楽しむことや遊ぶことを考えていてくれればいいのに。

しばらく飛び回って、そう思った矢先、ラプンツェルは真顔に戻って、

「さあ、そろそろ本題に入りましょう」

と言った。遊びの時間は終わり、というわけだ。

「リンドヴルム、一番近い銀行は二丁目だからこっちですよ」

「……了解」

熱心なことだ。一つ溜《た》め息《いき》をついて、僕は指示通りに進行方向を修正した。目的地が定まっていれば、到着も早い。何しろ移動は直線距離だし、僕自身の飛行速度も本気を出せば時速一〇〇キロを超えるのではないかと思う……たぶん。

銀行の前に降り立つと、当然、周囲は騒然となった。大きな通りなので、通行人も多い。そのうちの相当数が足を止めて僕らに見入っていた。

その銀行は、通りに面した部分が広くガラス張りになっていた。中の様子が通りから丸見えだ。ここで強盗か、さすがに目立つよなあ……とか考えているうちに、ラプンツェルはさっさと僕の背中から降りて銀行の自動ドアへと歩き始めていた。

いやに積極的だなあ。

「ちょ、待て、ラプンツェル。……やれやれ」

慌てて、ラプンツェルの尻尾《しっぽ》を追いかけた。

さて、どうやって思いとどまらせるべきか……。

銀行の中へ。四つ足の状態でもドアをくぐるときには頭を低くする必要があった。が、中に入ってしまえば天井はかなり高かった。ロビーもかなり広く、ソファに座って順番待ちをしている人も多かった。それらの人の目が、入るなり僕らに向けられる。

「おい、あれってこの前テレビでやってた……」

「本物なのか、あれ……？」

「怖いわね。暴れたりしないかしら……？」

ヒソヒソと、そこかしこでそんなことが囁《ささや》かれている。が、ラプンツェルはそんなことは意にも介さず、まっすぐに窓口の一つへと歩み寄って、「あの」と声をかけた。

「ええと、い、いらっしゃいませ。整理券を取ってお待ち下さい」

窓口にいたお姉さんは、かなり驚愕《きょうがく》というか動揺を顔に出しながらも、努めて事務的にそう告げた。なかなか度胸の据わったお姉さんだと思う。

「あ、はい」

と、ラプンツェルは素直にその言葉に従って、発券機から整理券を取り、僕の側《そば》に戻ってきてソファにちょこんと座ったのだった。

「……二九一番だそうです」

そして、整理券を見ながら、僕を見上げて言う。

呆《あき》れたというか、笑いを噛《か》み殺すのが大変だった。どこの世界に整理券を取って順番待ちをする銀行強盗がいるんだ。

僕は改造された日の帰りに悟ったつもりでいたけど、どうやらかなり認識が甘かったらしい。傍らにいて本当に悪事を働きそうになったら止めればいい、と思っていたけど、そんな事態は未来永劫《えいごう》発生しないんじゃないだろうか。賭《か》けてもいいけど、銀行強盗どころか、この子には万引きだって実行不可能な気がする。

あとは、整理券の番号が回ってきたときにどうするか、だけど……。

「貴女《あなた》、そんな格好で寒くないの？」

僕が考え込んでいる間に、ラプンツェルのとなりに座って物珍しそうに僕らを眺めていたお婆《ばあ》さんが言った。和装の、品のよさそうなお婆さんだった。

「え？　あ、はい。大丈夫ですよ。お気遣い、ありがとうございます」

「あら、格好のわりには礼儀ができてるわね。感心だわ」

……このお婆さんも動じない人だな。

ラプンツェルはお婆さんに笑みを返して、僕に、

「あの、リンドヴルムも座ったらどうですか？　もう少し待たされそうですよ？」

僕は首を横に振った。

「いや、遠慮しておこう。この図体で座るとなれば場所も取るし、その分座れなくなる客が増えてしまう。ソファの強度自体、この体の重さに耐えられるかどうかも疑問だしな」

「あらあら、貴方《あなた》も、見かけによらず紳士的なのね」

「もちろん。やはり男たるもの、すべからくジェントルマンであるべきですな。ただ、見かけによらず、は余計ですよ、マダム」

より芝居がかった口調で言った。少し調子に乗りすぎだろうか。

しかし、お婆さんは、

「この方、面白いのねえ」

そうラプンツェルに笑いかけていた。……ま、喜んでもらえたのならよしとしようか。

そんなこんなで待たされること五分。順番はまだ回ってきそうになかったが、ガラス越しに見える通りに、テレビ局のロゴが入った車両が見えた。近くに駐《と》めたかと思ったら、慌ただしく何人ものスタッフが降りてきて機材の準備をし始めていた。何かの中継でも行うのだろうか……と思って、もしかしたら僕らを撮りに来たのか、と思い至る。

面倒だな、と考えかけて、すぐに好都合だと判断を変えた。彼らが掻《か》き回してくれれば、なし崩し的に銀行強盗計画を潰《つぶ》せるかもしれない。

と、その瞬間、銀行の入口に真っ赤なワンボックスカーが横づけされた。そこから、いつか見た目出し帽に野球帽の迷彩男たちが飛び出してくる。先頭に立って銀行に踏み込んできたリトル・レッドフードは、小振りなサブマシンガンを手に持って、

「はいはい、動かないで！　そして今から私語は厳禁！　ご存じアンシーリーコートのレッドキャップ隊、銀行強盗にただいま参上ッ！」

と宣言した。つき従うのは三号、五号、九号、一〇号の四名。

いやはや、まさかまた彼らに出くわすとは。何とも縁のあることだ。

で、僕のそんな感慨はよそに、ロビーにざわめきが満ちる。

「我々は諸君らに危害を加えたくはない。諸君らも血を流したくはないだろう。お互いのために、率先して協力して頂けることを切に願う」

リトル・レッドフードの傍らで拳銃《けんじゅう》を構えた一〇号が、そう補足した。

しかし、ざわめきはやまない。悲鳴を上げる客も出始めた。

「黙れッ！　聞こえなかったのかっ」

叫んで、三号が天井に向かって拳銃《けんじゅう》を発射する。銃声が響いて、直後、行内はしんと静まりかえった。

「三号ッ！　なに勝手に撃ってんだッ！　緊急時以外発砲すんなって言ったでしょ！」

「え、でもよ、隊長。静かにさせるのは威嚇《いかく》射撃が一番だぜ。それに、もう銃持って結構経《た》つのに、まだ一回も撃たせてもらってなかったし……」

「うっさいッ！　これ以上命令無視したら、ローキック三〇〇発の刑だぞッ！」

「……う。す、すんません……」

「とまあ、ちょっと血の気が多いのもいる。これ以上我々の仲間を刺激しないよう、諸君らには素直にこちらの指示に従って頂きたい」

あくまで冷静な口調で一〇号は言うのだった。

九号は大きなバッグを持って窓口に向かい、大柄な五号は両手に拳銃を持って、銃口を客に向けている。

「よーし、じゃあ、お客さんは全員、手を挙げたままその辺に集まって……」

と指示を出しつつ、リトル・レッドフードはようやく僕たちに気がついたようだった。

目立つと思うんだけどなあ、僕ら。

「な、な、何、アンタら……」

「た、隊長。こいつら、こないだテレビでやってた連中ですぜ。宇宙人がどうとかって」と三号。

「デーモンテイルの、リンドヴルムとラプンツェル……」

呟《つぶや》いたのは一〇号だった。

「え？　こいつらが……？　い、いや。関係ないもん。何者だろうと、今は人質の一人よ。アンタたちも大人《おとな》しく指示に従いなさい！」

リトル・レッドフードが僕らの方にサブマシンガンを向ける。銃口を向けられて驚いたのか、お婆《ばあ》さんが「ひええ」と声を上げてソファから転げ落ちた。

「あっ。大丈夫ですか、お婆さん」

助け起こそうと、ラプンツェルが動いた。

「か、勝手に動くなッ！」

三号の銃口がラプンツェルに向けられる。

まずい。そう思って庇《かば》うように翼を伸ばしたのと、銃声が響いたのはほぼ同時だった。

翼の皮膜の上で銃弾が爆《は》ぜる。デコピンをされた程度の衝撃。さすが安全設計、皮膜でさえ銃弾を通さないとは。いや、痛いことは痛いんだけどね。

銃声に、また何人かの悲鳴が上がった。しかし、

「三号ッ！　お前、何で撃ってんだっ！」

というリトル・レッドフードの怒号も響いていた。

「で、でもっ！」

銃弾を弾《はじ》いた僕の翼を凝視しつつ、三号は後ずさりしていた。銃を持つ手が震えている。

「隊長、それどころじゃなさそうです」

一〇号も、厳しい目で僕を睨《にら》んでいる。銃弾を弾いたことで、妙な警戒心を喚起してしまったらしい。ま、知ったことではないけれど。

「大丈夫か、ラプンツェル。お婆《ばあ》さんも、お怪我《けが》はありませんか？」

お婆さんはどうにか首を縦に振っていた。驚いて声が出ないらしい。そのお婆さんを優しく立たせてソファに座らせると、ラプンツェルは険しい目を彼らに向けた。

「ちょっと、あなた方！　お年寄りもいるっていうのに、何てことをするんですかッ！」

叫ぶと同時に、ラプンツェルの髪が四方に伸びた。うねりながら宙を凄《すさ》まじい速度で駆けて、ピンク色の奔流《ほんりゅう》さながらにレッドキャップ隊の面々へと殺到する。

「な、何だ⁉」

「髪の毛が……？　うわっ」

一瞬で、四人のレッドキャップ隊が絡め取られる。

「ラプンツェルッ、そいつらから銃を没収しておけ！」

激昂《げっこう》しているであろうラプンツェルに、反射的にそう指示を出した。いくら髪の毛に絡め取られていても、トリガーを引くくらいはできるはず。狙《ねら》いも定めず命中するとは思えないけど、僕ら以外にもお客さんはたくさんいるのだ。流れ弾が誰《だれ》にも当たらないという保証はない。

「は、はいッ」

ラプンツェルは素直に僕の指示に従って、髪の毛を器用に操って捕まえた連中の手から銃をもぎ取った。

武器を奪われた四名は、髪の毛に手足の自由を奪われてなす術《すべ》ない模様。もがいてはいるようだが、その動きさえ完全に押さえ込まれている。しかも全員が空中に持ち上げられているのだから、ラプンツェルの髪の毛の力は相当強いらしい。

「なっ、そ、そんな馬鹿《ばか》な……」

リトル・レッドフードが絶句して、しかしすぐにサブマシンガンを構え直してラプンツェルに向けた。それに対応して、僕も射線を遮るようにラプンツェルの前に割り込んだ。

「こ、この、化け物ッ！　みんなを放せッ！」

散々撃つなと言っていたリトル・レッドフードの銃口が火を噴いた。さすがにサブマシンガン、フルオートだ。連続して、絶え間なく銃声が響き続ける。僕は後ろに流れ弾が行かないように立ち上がって翼を広げ、全弾を体で受けきった。

「……痛いな」

弾が尽きたのか、銃声がやんだのを確認して、僕はリトル・レッドフードへと二足のまま歩み寄った。そして、熱を帯《たや》びたサブマシンガンの銃身を掴《つか》み、かなり強めに力を込めた。爪《つめ》がめり込み、いとも容易く銃身はひしゃげて変形してしまった。

「こういうおイタは感心しないぞ、赤ずきんちゃん」

「……くっ、このッ！」

もはやサブマシンガンとは呼べなくなってしまったそれから手を放し、リトル・レッドフードは切れのいいミドルキックを僕の足に叩《たた》きつけた。

しかし、僕の鱗《うろこ》は銃弾さえ弾《はじ》き返すわけで。

「痛ーッ！」

と、リトル・レッドフードは蹴《け》った足を押さえてピョンピョンと跳ね回ることになった。

「馬鹿《ばか》か。蹴る前に結果は見えていただろうに」

言いながら、僕は元はサブマシンガンだった鉄屑《てつくず》を投げ捨てる。

「く、くっそーッ」

文字通り転がるように、リトル・レッドフードは銀行の外へと逃げ出した。僕と、四人の男を髪で絡め取ったままのラプンツェルもそれを追って外に出る。

すると。

「ご覧下さい！　あれが噂《うわさ》のレッドキャップ隊でしょうか！　どうやら、赤いドラゴンのリンドヴルムと、髪の毛を自在に操るラプンツェルが、銀行を襲いに来たレッドキャップ隊を撃退している模様です！」

マイクを持った女性が、カメラを担いだ男性の横でまくし立てていた。いつの間にやら、遠巻きに野次馬も相当集まっている。

「決定的な瞬間です！　現在、予定を変更して生中継でお送りしています！　これは作り物でもＣＧでもありません！　今まさに、私たちの目の前で繰り広げられている光景をライヴでお伝えしているのですッ！」

マイクを手にした女性リポーターはカメラに向かって、かなり興奮気味に語っている。

リトル・レッドフードが舌打ちをした。赤いワンボックスのドアが開き、

「隊長！　もうこれ以上は無理だ！　撤退命令を！」

と顔を出した小太りのレッドキャップ隊員が叫ぶ。帽子を見るに、一号だ。

「で、でもッ！　アイツらが……」

リトル・レッドフードがラプンツェルに捕まった面々を振り返る。

「行けッ！　我々に構わず、早く逃げるんだ！」

ラプンツェルの髪に捕らわれたまま、一〇号が絶叫した。

「一号ッ、腕ずくでも隊長を連れて行け！　は、早くッ！」

一号が一〇号の言葉通り、ワンボックスから降りてリトル・レッドフードを脇《わき》に抱きかかえた。そのままワンボックスに戻ろうとする。

「こら、放せッ！　命令だぞ！　アイツらを置いて逃げるなんて……ッ」

ジタバタするリトル・レッドフードを、一号はワンボックスの中へと押し込んだ。そのまま自身も乗り込もうとする。

「……すまん」

振り返って、一号が呟《つぶや》いた。そして一号が乗り込んだ途端に、赤いワンボックスが掻《か》き消えてしまった。

「あっ！　ご覧になりましたでしょうか！　犯人たちの車が……、し、信じられません。今、まさに消えてしまいました！」

舌打ち。くそ、ヤツらを見た瞬間から、こうなることは想定していたというのに。

そこへ、カメラを引き連れたマイクの女性がやってくる。

「すみません、極東テレビなんですが、お話を伺ってもよろしいでしょうか！」

そう言って、マイクをラプンツェルに向けた。

「え……ええっ？　あ、あの……」

銀行強盗に向かうまでの元気はどこへやら、ラプンツェルはカメラに萎縮《いしゅく》してしまって、怯《おび》えているようにさえ見えた。機嫌のいいときは犬のそれのように元気よく動いている尻《しっ》尾《ぽ》も、すっかり縮こまってマントの後ろに隠れてしまっている。

「こら。インタビューの前に、まず撮ること自体の許可を求めたらどうだ」

ラプンツェルの肩を抱くように翼でカメラから隠しつつ、言った。

「いや、しかしですね、日本中の国民があなた方について知りたがっているんですよ」

「知る権利も報道の自由も結構だが、その前に礼儀をわきまえろと言っているのだ」

「あ、今、警察が到着した模様です」

僕の言葉など右から左に聞き流して、彼女はけたたましいサイレンの方へと顔を向ける。

「……。人の話を聞くのが仕事なんじゃないのか……？」

サイレンを鳴らしパトランプを回しながら何台も連なってやってきた警察の車両からは、何人ものお巡りさんと、数人のスーツ姿の男たちが姿を現した。スーツ組は刑事という感じではなく、どうももっと偉い立場の人たちのように見えた。

歩み寄ってきた彼らの前に、ラプンツェルは「えい」と、髪の毛をぐいっと動かして、捕らえた四人を持っていった。そして微妙にカメラを気にしつつ、僕の翼の陰から、

「あの、犯人です……」

と、わかりきったことを告げた。お巡りさんたちが犯人たちを押さえつけたのを確認して、絡めていた髪の毛を放す。次に、背広の人たちへとまた髪の毛を伸ばして、

「これ、あの人たちが持っていた銃です」

と言った。髪の毛の先には、計五丁の拳銃《けんじゅう》があった。顔を見合わせたりしつつ、おそるおそるといった態度全開で、スーツの人たちが髪の毛の先から銃を受け取る。

「……ご協力、感謝します……」

スーツの一人が、十秒以上に及ぶ逡巡《しゅんじゅん》の末にようやく言った。

「できれば事情を伺いたいのでご同行頂きたいのですが……」

「断る」

さすがにそれには僕が口を挟むと、

「でしょうな」

と、最初から期待していなかった感たっぷりの返事があった。

「では、せめて幾つか質問に答えて頂きたいのですが」

さてどうするか、と思ったところで、翼の中でラプンツェルが、

「……あの、早く行きましょう、リンドヴルム。もう犯人の引き渡しも終わりました」

と、囁《ささや》きかけてきた。かなり切羽詰まった声だ。そんなにカメラが怖いのか。

「悪いが拒否する。どうも連れの気分がすぐれないようなのでな」

警官たちに告げた。そして次にラプンツェルに、

「……さあ、行こう」

と優しく言った。翼を広げる。野次馬たちから歓声に近いような驚きの声が上がった。

ラプンツェルは髪の毛を僕の首に巻きつけ、そそくさと僕の背中によじ登る。

「では、失礼する」

そう言って、僕は地面を蹴《け》った。そのまま翼を羽ばたかせて、高度とスピードを上げていく。警察もテレビクルーも野次馬も、すぐに豆粒のようにしか見えなくなった。

「早く帰りましょう。……嫌いです、あのカメラ」

ラプンツェルは目に涙さえ浮かべている。

「そう言うな。どうやら我々が銀行に入って間もない頃《ころ》から撮っていたようだからな、どう映っているのか、今後のニュースが楽しみじゃないか」

「……意地悪ですよう」

と、ラプンツェルが拗《す》ねて僕の首を軽く叩《たた》いた。

せっかくの青空、もう少し空中散歩の続きを楽しみたいけどなあ。そう思いつつも、僕は彼女のリクエスト通り、大きく羽ばたいて基地へと向かう速度を上げた。

＊

『……ここに注目して頂きたいのですが、犯人がサブマシンガンを撃とうとした瞬間、リンドヴルムはラプンツェルとお年寄りを庇《かば》いに入っているでしょう。このとき、わざわざ翼を広げているんですね。私には、弾丸を後逸《こういつ》しないよう配慮したように見えるんです』

携帯のテレビ画面の中で饒舌《じょうぜつ》に持論を展開するのは、僕たちを宇宙人だと主張していたUFO研究家だった。

銀行強盗事件の翌日、火曜日の朝。

昨夜から、僕らの銀行強盗捕獲劇の一部始終は、トップニュースとして繰り返し繰り返し取り上げられていた。

これまで尻尾《しっぽ》さえ掴《つか》めなかったレッドキャップ隊のメンバーが逮捕されたこともさることながら、再びリンドヴルムとラプンツェルが姿を現し、その様子をテレビカメラが鮮明に捉《とら》えていたことが大きな話題になっていたのだ。まあ、鮮明とはいっても、ラプンツェルの顔以外は、だけど。ドクターの発明はすごい、とつくづく思う。

『つまり、どういうことでしょうか？』

司会者がUFO研究家に尋ねた。

『他《ほか》の人質に流れ弾が当たらないよう気を遣ったのだと私は思うんです。つまり、彼らが心優しい宇宙人であるという証拠なのではないか、と。彼らは犠牲者や怪我人《けがにん》が出ることを嫌ったのですよ』

『しかし、彼らは以前現れたときに、世界征服であるとか、悪の秘密結社であるとか主張していますよね？』

『ええ。これはですね、やはりジョークなのでしょう。そうでないならば、悪を名乗る自分たちでさえこんなに心優しいんだぞ、とある種皮肉を込めた彼らからの警告なのかもしれません。だから地球人も、戦争や殺し合いをしたりせず優しさを持つように、というメッセージなのだと私は思うのですよ』

……はは。何だかすごいウルトラCでむりやり着地した感じの理屈だ。

チャンネルを変える。以前に溺《おぼ》れていた男の子を助けたとき以上に、どのチャンネルでも僕らの内容一色だった。

『……ご覧のように、彼らが人間を遥《はる》かに凌駕《りょうが》する身体能力を有していることは明らかであります。特に、証拠品として押収されたサブマシンガンは、このリンドヴルムを名乗るドラゴンに握り潰《つぶ》されていました。この力が万が一にも国民に対して向けられたらどうなるのか。それほどの能力を持った正体不明の存在が、我が国を好き勝手に飛び回っているわけです。その点について、防衛大臣はどうお考えなのか伺いたい！』

昨日の国会の模様だ。

息巻いて防衛大臣に質問をぶつけたのは、野党きっての論客といわれた若手議員、鯨岡《くじらおか》雪彦《ゆきひこ》だった。様々な汚職問題や談合疑惑に対して、厳しい追及をしてきたことで有名な男である。元警察官僚という経歴を生かし、防犯や対テロなどの不備についても鋭い切り口で指摘し続けているのだそうだ。細身で、オールバックに撫《な》でつけた髪は大量の整髪料で照明の光にテカテカと光っていた。

議長が防衛大臣を呼ばわった。答弁に立ったのは、もちろん現職の防衛大臣。政界屈指の色男と呼ばれる阿久津竜一郎《あくつりゆういちろう》だ。渋みのある俳優のような顔立ちと、少し垂れ気味の優しげな目が特徴的で、女性関係のスキャンダルは今も昔も数知れず、しかしそんな風聞をものともせず甘いルックスで主婦層に絶大なる人気を誇っているのだとか。

『その件に関しましては、目下調査中であります。なにぶん前例のない事態でございますし、慎重な対応を心がけるべきだと認識しております』

当たり障りのない発言だ。しかし、鯨岡議員はそんな模範的回答を鼻で笑って、

『そんな悠長なことを言っている場合ですか。正体不明の存在が国土を闊歩《かっぽ》しているなど、国民の安全はもちろん、国の威信にも関《かか》わる問題であるとは思われませんか？　調査のみならず、警察及び自衛隊の投入も検討すべきではないかと思うのですが』

と、さらなる言葉をぶつけた。

『では、どうせよと仰《おつしや》るのか。仮に、危険だから攻撃せよとか捕らえよというのであれば、それこそ乱暴な意見と言わざるを得ない。彼らは現段階で日本語を話すことが確認されており、ということは、我々と同等かそれ以上の知能を有しているということでありましょう。である以上は、まずは平和的に接触を図ることが最優先されるべきだと言えます。

一部メディアで言われているように、他《ほか》の惑星からやってきた生命体であるという可能性も充分に考えられ、ならば、彼らの同胞や仲間がどこかに待機していることも想定されましょう。迂闊《うかつ》な攻撃などは全面戦争の発端になる可能性もあり、愚の骨頂であります。

一応は、すでに近隣の各部隊に、万が一の事態に備えていつでも出動できる態勢を整えるよう指示は通達してありますが、果たしてその必要があるかどうかについては慎重に吟味すべきであると考えます。

……まあ、個人的な意見を申し上げれば、彼らの今までの行動を見る限りは、故意に国民に危害を加えるということもないと思いますが。溺《おぼ》れた子どもを救助したとか、銀行強盗を捕まえたとか、特に後者に関しては、今まで警察がまったく尻尾《しっぽ》を掴《つか》めなかった犯罪グループの何人かを検挙するにまで至っています。攻撃どころか、我々は逆にお礼を言わなければならないのではありませんか』

防衛大臣の答弁に、鯨岡《くじらおか》議員が再び手を挙げた。

『国家の防衛を担う大臣のお言葉とは思えません。今の発言は、極端な言い方をすれば、銃を持った者が銀行強盗の逮捕に協力したから今後も持っていても咎《とが》め立てしない、というのと一緒でしょう。それで法治国家が成り立ちますか？』

『私も映像は何度か確認させて頂きましたが、はて、彼らは何か武器を持っていましたでしょうか？　確かに髪の毛が動いたり銃弾をものともしない体を持っていたりするようですが、あれは生身のように見えたのですがね。だとしたらどうします？　人間より強靱《きょうじん》な肉体を持っていた罪で逮捕するのですか？　それとも、人間にはない能力を持っているから入国禁止ですか？　それはつまり、鯨岡議員は、今後どのような人間以外の知的生命体が訪れてもすべて強制的にお帰り頂くべきだ、という主張をお持ちだと理解してよろしいのですかな？』

『論旨をすり替えないで頂きたい。私は、国民の安全を第一に考えるべきだ、と申し上げているのです！』

やれやれ。もう、すっかり宇宙人扱いだ。苦笑しつつ、ふと顔を上げると、ちょうどありすが僕の目の前にやってきたところだった。声をかけようとイヤホンを外すなり、

「何見てんの？」

と、ありすにイヤホンごと携帯を奪われた。で、ありすは片耳に奪ったばかりのイヤホンを差し込んで画面に目を落とす。

「あのさあ、せめて持ってく前に『貸して』の一言くらいあって然《しか》るべきじゃない？」

「あ、うん。ごめん」

しかしその返事も上の空気味で、ありすは真剣味を帯びた顔で画面に見入っていた。な

んていうか、僕が言ったことをちゃんと聞いていたかどうかさえ怪しい。

と、そこへ千紗《ちさ》と高槻《たかつき》さんが教室に入ってきた。

余談だけど、すでに六月に入っているので、制服も夏服に替わっている。

……千紗は夏服の方がいいな、と思う。上着がなくなって胸のサイズやスタイルが如実になるからとか、決してそういう理由ではなく、全体の色合いとかお団子頭とのバランスとかが……いや、言い訳とかじゃなくて。

「お早うございます」

言いつつ、その千紗はまっすぐ僕の方へと歩いてくる。高槻さんも、面白くなさそうにその後にくっついてきた。高槻さんは僕の携帯でテレビを見ているありすを見やって、

「またテレビか。例の化け物のニュースか？　相変わらずだな」

どうやら、いつか同様に今朝も高槻さんは機嫌が悪いらしい。

「あの、昨日、直接見ちゃったらしいんですよ」

と、千紗が理由を説明してくれた。

直接？　まさか、あの銀行前の野次馬の中にいたのか⁉

……さすがに、それはまずいよなあ。いかに顔がわからなくても、親しい人間が見たとなれば、声や仕草や、その他些細《ほかささい》なことからでもバレかねない。どうやら、今のところは気づいていないようだけど……。

「さすがに私も、実際に見たとなれば前言を撤回しないわけにはいかない」

「あはは、それはそうだね。現実に、国会とかでも議題になってるっぽいし」

僕が言うと、二人もありすの手にある携帯の画面を覗《のぞ》き込んだ。

「ああ……、このやりとりは、色々な番組で何度も使われてますよね」

「そうだね。大変だよね、お偉い政治家のセンセイも。こんなことまで議論しなきゃいけないんだから」

「……え？」

千紗が首を傾《かし》げた。

「あの……もしかして、竜太《りゅうた》さんのお父様って……」

あ。そうか、そういえば、以前図書館で少し話したんだっけ。

ふと見れば、ありすもイヤホンを外して僕の方を窺《うかが》っていた。つき合いは長いけれど、ありすが僕の家に来るようになった頃《ころ》にはもう両親は離婚していた。だからありすも父とは面識がないし、父のことなんか話題にしたくなかったから話したこともない。

「どういうこと？　竜太のお父さんって？」

そう訊《き》いてきたありすの手から、僕は携帯を取り返した。そして話題の原因を消し去ろうと、携帯を閉じてイヤホンごとポケットに突っ込んだ。

「あはは、口が滑ったかな。忘れてくれる？」

「でも、あの……」

「ごめん。その話は、ちょっと触れられたくないんだ」

高槻《たかつき》さんは怪訝《けげん》な顔をして、

「勝手な言いぐさだな。自分から振ったクセに」

「うん、まあ、そうなんだけどね」

もしかしたら、僕の態度がいつもと違っていたのだろうか。千紗《ちさ》は、少し不安そうなというか、寂《さび》しそうなというか、そんな顔で僕を見つめていた。

高槻さんは腕を組みつつ、厳しい目で僕を見据える。

「一言だけ言っておくが、つまらないことで深刻ぶらないように。特に、千紗の前ではな。どんな形であれ、親が生きてるんならその分恵まれてるんだから」

「深刻ぶってるとか、そういうつもりはないんだけど……」

とはいえ、生きているからこその複雑な感情だってあるわけで。

「自覚が足りないな。このクラスじゃ親の話はデリケートだろうに。そのど真ん中にいるお前がそんなでどうする」

ど真ん中……？

あ。ありすのことか。と、そう思った矢先、そのご本人は、

「委員長が言ってるのがあたしのことなら、それって気の遣いすぎ。へっちゃらだよ、別に今さら気にもならないし……」

「いや、でも、確かにちょっと無神経だったかも。ごめんね、二人とも」

「いえ、あの、そんな……」

千紗は恐縮しているが。

「それよりさ、ありす。何かあった？　元気ないみたいだけど」

僕がそう訊《き》くと、ありすは一瞬面食らって、そして次に両手を腰に当ててふんぞり返り、

「元気がない？　あたしが？　何を馬鹿《ばか》な、あたしはいつだって元気いっぱいだッ！」

と高笑いをした。そしてひとしきり笑った後に、

「あんまテキトー言ってると、必殺の蹴《け》りをお見舞いするぞっ！」

とか何とか捨てゼリフを残して教室を出て行ってしまった。

いやいや、実際に蹴りが飛んできてない時点で違和感ありまくりなんですけど。千紗と高槻さんも、不思議そうに顔を見合わせている。

何があったんだろう。バイトが忙しかったりして疲れているのだろうか。頑張れとは思うものの、あまり無理はしてほしくないものだ。

＊

さて、それはそれとして。

銀行強盗計画の失敗に、千紗は千紗なりに凹《へこ》んでいたらしい。放課後、一緒に基地に赴《おもむ》いたはいいけど、大広間に入るなり千紗は次なる作戦を考えるのだ、と言ってうんうん唸《うな》り始めてしまった。その間、僕は何もすることがないわけで。

となれば、遥《はる》か上方から下りてくるのは将棋盤《しょうぎばん》だ。その勝負を断る理由もないので、ドクターと指し始めることになる。

とはいえ、相手の力量がわかっていれば盤面の展開は早い。こっちの実力も知られている以上、手加減の意味もない。形勢はあっという間に決まってしまった。

ぱちり、と指しながら僕は、「ところでですね」と切り出した。

「優れた技術があれば、当然、対抗手段というのも必要になってくるわけですよね？」

『それはそうでしょうね。一般論としては』

「認識偏向のシステムに関してはどうなんです？」

『……なるほど、昨日の一件を引きずっているのは千紗《ちさ》だけではないようですね』

「いえ、レッドキャップ隊ごときはどうでもいいんですけどね。でも、その黒幕が何を考えているかによっては、備えは必要だと思うんです」

『確かに、言わんとすることはわかりますよ。……実のところ、認識偏向フィールド・キャンセラーの理論は完成しているんです。ただ、実際作るとなると、また莫大《ばくだい》な資金と膨大な時間がかかりますのでね。基礎理論は同じですから、せめてもう一つ認識偏向時計が残っていれば、それを改造して製作することで、大幅にそれらを節約できたのですが』

「……難しい、ってことですか」

『まあ、有り体に言えば。作る方向で考えますが、完成はかなり先になりますよ』

「上手《うま》くいかないものですね。……王手」

『む。……うーん、上手くいきませんねえ』

ドクターは考え込んでしまったが、おそらく王の逃げ道はない。

「終わりましたか？」

考えがまとまったのか、千紗が歩み寄ってきた。

「いい案は浮かんだの？」

そう訊《き》くと、千紗は「はい！」と元気よく答えた。

「次の計画は、悪の極みですよ。何しろ、子どもを誘拐しちゃおうって作戦なんです！」

それはまた迷惑な話だ。

しかしそれにしても、どうして千紗みたいな優しい女の子が、こんなに目をきらきらさせながら悪事の計画の話をするんだろう。

「早速、これから決行しましょう！」

「……さらってどうするの？」

普通なら身代金を要求するわけだけど、悪の秘密結社的セオリーは洗脳したり改造したりして兵士に仕立て上げるとかだろうか。

ただ、千紗はそのどちらも考えていないに一票。

「え？　えっと……」

ほらね。

「ま、とにかく行こうか。後のことは後で考えようよ」

立ち上がって、僕は言った。どうせ上手《うま》くなんかいかないだろうしね。

空中から『獲物』を物色し、さらって帰る。ただそれだけの作戦だというのに、どういうわけか失敗が続いている。僕が制止するまでもなく、だ。

例えば、木登りをしているわんぱくな男の子に目をつけた途端、

「あッ！　リンドヴルム！　あの子、落ちそうですよッ！」

条件反射でラプンツェルが髪の毛を伸ばして助けに入った。そして地上に降りるなり、

「ああ、ありがとうございます！」

と子どもの母親が駆け寄ってくる。

「いえ、怪我《けが》もないようで何よりでした」

周囲から拍手喝采《かっさい》。もはや連れ去るという雰囲気でもないし、そもそもラプンツェルも、

「元気なのはいいけど、気をつけて遊ばないとダメですよ？」

とか男の子に言っている始末。完全に目的を見失っている。

例えば、おしゃまな女の子に目をつけた途端、その女の子が道路に飛び出した。

「ああッ、リンドヴルム、車がッ！」

またしても間一髪の危機を救って、周囲の人々を安堵《あんど》させる。

「だ、大丈夫ですか!?」

と、蒼白《そうはく》な顔で急ブレーキをかけ、止めた車から飛び出してきたドライバーに、

「こんなに子どもが多いところなんですから、もう少しスピードは抑えて下さい！」

とか叱《しか》りつけてみたり。

関係ないけど、重そうな荷物を持ったお婆《ばあ》さんに、

「あの、重くないですか？　もしよかったら、わたくしたちが運びますよ」

と空から声をかけ、お婆さんごと目的地まで運んでお礼を言われたり。

翌日も放課後に同じ作戦を決行したものの、試みるたびに同じような結果に終わった。

そうこうするうちに、いつの間にか僕らが地上に……例えば公園にでも降りると、何もしなくても人が寄ってくるようになってしまっていた。

「りんどぶるむだー、かっこいいー！」

とか口々に言いながらまとわりついてくる子どもたち。悪い気はしないものの、ちょっとした弾みで怪我をさせたりしてしまわないかと気を遣う。

「こら、爪《つめ》に触るな。尖《とが》っているからな、怪我をするぞ」とか「背中によじ登るんじゃない。落ちたら危ないだろう」なんてことを言ってばかりだ。

ラプンツェルもラプンツェルで、小さな女の子たちから摘《つ》んできた花をもらったりしている。そうした子どもたちの頭を撫《な》でている笑顔を見るに、今日も作戦の内容などはどうでもよくなっているに違いない。

で、子どもが寄ってくれば、その親たちが寄ってくるのもまた当然の流れだ。

「あなた方みたいな優しい人たちが見回ってくれてると助かるわー」

「ねえ。子どもって、ちょっと目を離すと何をやってるかわからないから」

「最近はこのあたりも車の交通量とか増えたものねぇ」

「あ、いえ……その、たいしたことでは……。それに、その、さすがに毎日というわけにもいきませんし……」

「いいのよ、そんなこと気にしなくても。人それぞれ、色々都合だってあるものね。それに、たまにだって助かることに変わりはないんだから」

「そうそう。昨日はうちの子も助けてもらっちゃって」

「それだけじゃないわよ。物騒だもの。この間も銀行強盗とか」

「あら、そういえば、あれをやっつけたのもあなた方だったわよねえ」

「え？　あ、はい。その、成りゆきで……」

とか何とか、僕はともかく、ラプンツェルは完全に井戸端会議に巻き込まれている。

「あ、そうそう、手作りのドーナツがまだあるんだけど、食べる？」

返事も聞かずに井戸端会議の輪から離れて、お母さんの一人が荷物を置いていたベンチへと駆け寄り、大きなランチボックスを持って戻ってきた。どうやら僕らが来る前に、お母さん仲間や子どもたちに配った余りらしい。

「いいんですか？」

「ええ、どうぞ」

ありがとうございます、とランチボックスを受け取って、ラプンツェルは、

「リンドヴルム！　ドーナツを頂きましたよ」

と尻尾《しっぽ》を揺らしつつ駆け寄ってきた。

「それはよかったな」

ラプンツェルにそう言って、お母さんたちの方にも「わざわざどうも」と長い首で会釈する。

「リンドヴルムも食べますよね？」

「……いや、身動きがな」

男の子たちは、どうも僕の体をアスレチック遊具か何かと勘違いしているらしい。まあ、軽く尻尾や翼を動かしたりして子どもたちの遊びにつき合ってやっているのだから、文句も言えないけど。つまるところ今となっては、僕は完全に『伏せ』の状態で地面に張りつけられてしまっているのだ。

「じゃあ、食べさせてあげますよ。口を開けて下さい」

「いや、別に無理に食べなくても……」

「いいからいいから、早くあーんして下さい」

……何だか照れ臭さというよりは、微妙な屈辱感みたいなものがあるんですけど。しかしラプンツェルは僕に食べさせる気満々みたいだし、馬鹿《ばか》みたいに頑丈で鋭い牙《きば》がある以上、迂闊《うかつ》なことをされては怪我《けが》をさせてしまわないとも限らない。

渋々、僕は折れて口を開いた。

ラプンツェルが満足そうに僕の舌の上にドーナツを置いた。ラプンツェルの手が完全に離れたのを確認してから口を閉じる。

が、ドラゴンの口が咀嚼《そしゃく》に向いていないことに、今、気づいた。

ワニのような口は、本来、肉を食い千切って丸飲みするためのものなのだ。仕方ないので、舌で上顎《うわあご》に擦《す》りつけるようにしてドーナツを砕き、味わった。旨《うま》い。シンプルながら甘さ控えめで、実に上品な味だった。

「仲がいいわねえ。こうして見てると、恋人同士みたいよ？」

「え……ええっ!?」

一瞬にして、ラプンツェルの顔が真っ赤に染まった。髪の毛や尻尾《しっぽ》がくねっているのは、照れを表しているのだろうか？　その反応にお母さんたちも面白がって、

「ドラゴンの恋人なんて、昔話とか童話みたいで素敵じゃない」

「キスしたら呪《のろ》いが解けて人間になったりとか？」

「あら、ドラマチックねえ」

「ドラゴンでも、これだけ優しい彼ならウチの亭主よりよっぽど魅力的だわぁ」

「っていうか、亭主以外なら何でもいいんじゃないの？」

「そうとも言うわね」

「リンドヴルムちゃんも、彼女を大事になさいね？」

などと好き勝手を言い始める。やれやれ。

と、公園の入口あたりがざわつき始めた。どこから聞きつけたのか、テレビのクルーがこちらに向かってくるのが見えた。

「……うるさいのが来たな」

「え？」

僕の視線を追って、ラプンツェルも取材陣に気づいたらしい。未《いま》だにカメラが怖いのか、身を強《こわ》ばらせている。

「さあ、すまないが今日はもう終わりだ。危ないから、我々から離れなさい」

背中の子どもたちに、言う。えー、と不満の声が上がるが、どうしたものか。

「ラプンツェル、子どもたちを降ろしてくれないか」

「あ、はい」

髪の毛が伸びて、子どもたちを一人ずつ持ち上げた。それを喜んでいる子どもたちは、まだまだ遊び足りなさそうだが。

全員が降ろされたのを確認して、僕は立ち上がった。ラプンツェルも、手にしていたランチボックスを髪の毛で持ち主のお母さんの元へと伸ばして返却する。そして、僕の背中へと髪の毛を使って跳び乗った。

「危ないぞ。離れていなさい」

「もうかえっちゃうの？」

僕らを見上げて、不満げに子どもの一人が言った。

「ああ。このお姉さんはテレビカメラが嫌いなんだ」

「またくる?」

「そうだな、全員がいい子にしていたら、また遊びに来よう」

「ばいばい」

と、ラプンツェルも子どもたちに手を振った。

「行くぞ」

飛び立つ。眼下で、飛び去る僕らを追いかけるカメラが小さくなっていく。

「そんなにカメラが嫌いか」

「……はい。だって、……露出狂とか言われちゃうんですよ?」

あー、気にしてたんだ。まあ、よりによって親友のお言葉だしなあ。

「自業自得という気もするがな。それがイヤなら、衣装を変えたらどうだ」

「うーん……」

「まあ、個人的には結構好きなんだがな、その衣装」

「え?　……ほ、……本当ですか?」

「そりゃ、色っぽい衣装が嫌いな男はいないだろう。着てる子が可愛《かわい》いならなおのこと」

「……か、可愛い?　じ、じゃあ、もうしばらくは、この格好で頑張ることにします」

「それは何よりだ。しかし、頑張るといっても、誘拐作戦はもうダメだと思うがな」

今や、姿を見せただけで人が集まってくる。ご町内ではすっかり、子どもやそのお母さんたちの人気者になってしまっているようだ。……まあ、それはそうだ。これまで僕らは何人もの子どもを救ってきているのだから。

だからといって計画を実行できないということもないけど、ラプンツェルの性格からして、慕って集まってくる子どもを連れ去ることなんか不可能だろう。それができるようなら、もうとっくに計画は実行されている。

「そうですねえ」

と、ラプンツェルは少し残念そうに、諦《あきら》めにも似た苦笑を漏らした。

「はは、どっちかっていうと、今や正義の味方だしな」

「はい。……悪の秘密結社なのに。困ったものです」

僕としては助かったというか、ありがたいんだけどね。っていうか、かなりの割合で予想通りの結果なわけで。

「明日は図書当番ですし……次の作戦もおあずけですね」

いやあ、というか、当分は何も思いつかないでほしい気もするんだけどなあ。しかし、その願いが聞き入れられることもないわけで。

まったく、困ったものだ。

第五章　赤ずきんとドラゴンのフーガ

僕ら図書委員は、昼休み開始一五分後からカウンターに入る。

その一五分は昼食を取るために確保された時間なんだそうだ。その間は、司書教諭の津《つ》島《しま》先生がカウンターでの業務にあたっている。その後に、交代のために僕らがカウンターに入るなり津島先生が速攻で司書準備室に煙草《たばこ》を吸いに行くのも、もはや図書委員の間では当たり前の光景になっていた。

昼休みは放課後より図書館の利用頻度は高いけど、そのほとんどは三年生で受験勉強の場所を求めてやってくるに過ぎない。入ってくるなり学習室に直行して、時間まで勉強するだけ。カウンターは素通りされてしまうので、多少賑《にぎ》やかでも暇に変わりはない。

「……あの、色々考えたんですが」

前を向いたまま、カウンターの中で千紗《ちさ》が言った。やや小声で。

「うん？」

「いっそ、幼稚園の送迎バスをジャックしてしまう、というのはどうでしょう？　とっても悪い行為ですし、ある意味、悪の秘密結社の定番じゃないですか」

「……それもどうかと思うけど。っていうか、あのさ、こういう場所でそういう話を大っぴらにするのもよくないよね？」

「あ……、はい。それはそうですけど」

と、胸ポケットで携帯が振動し始めた。取り出して、外部ウィンドウの表示を見る。

舌打ち。露骨に不愉快な顔をしてしまっていたかもしれない。

「ちょっとごめん。すぐ戻るから」

カウンターを出て、そのまま図書館からも出る。図書館入り口の近くに植えられている木立の陰に隠れるようにして、携帯を開き通話ボタンを押した。

「……何の用？」

不機嫌さを隠しもしないで、訊《き》いた。

『何だ、電話でさえ久しぶりなのに、そんな声を出すことないだろう。父さんは悲しいぞ』

「よく言うよ。こっちの都合もお構いなしで、学校にいるときに電話なんかしてきて」

『学校とはいっても、この時間なら昼休みだろう』

「昼休みだからって暇じゃないよ」

『何だ、女の子でも口説いていたのかね？　うーむ、だとしたらすまなかったな』

このクソ親父《おやじ》……ッ！

「そんなムダ話をするための電話ならもう切りたいんだけど」

『こらこら、待ちなさい』

「さっきも言ったけど、暇じゃないんだよ。図書委員の仕事を仲間に押しつけて話してるんだからさ。まったく、国会での半分くらいでいいから真面目《まじめ》になれないの？　テレビで繰り返し使われてる討議くらいにはさあ」

『ああ、あれか。まったく、あの御仁も頑固というか強情で困るよ。言わんとすることはわからなくもないのだが、……どうにもよくない噂《うわさ》が多くてなあ』

「……よくない噂？」

『ああ。どうも感心できない連中と関《かか》わっているなんて噂ばかりが聞こえてくる。警察の捜査にも色々口を出したりしているそうだしな。例のアンシーリーコートとも繋《つな》がっているんじゃないかという話なのだよ』

「ホントに？」

『あくまで噂だがね。胡散臭《うさんくさ》い連中と会談していたという話もあちこちから聞こえてくるし、献金やら政治資金にも不審な部分が多い。いったい何を企《たくら》んでいるのやら』

「そんな人が国会議員なの？」

『うむ。父さんもどうかと思うんだがな』

「酷《ひど》い話だね。……まあいいや。それより、用件は何？」

『ああ、久しぶりに会えないかと思ってな。ほら、今話題になっているだろう？　デーモンテイルとか名乗っているドラゴンと女性の二人組というか一人と一頭というか』

「あー。そりゃまあ、知ってはいるけど……」

『その関連でな、今近くに来ているのだ。お前の住む街でばかり何度も目撃されているからな、視察とか査察で回る場所が結構あってな』

「それで、空いた時間に会おうって？」

『そういうことだ。もう母さんの許可も取ってあるぞ』

うわ、余計なことを……。

「よく許可したもんだね、母さんが」

『当たり前だ、せざるを得ないさ。いざとなれば、家庭裁判所に面接交渉権を求めて申し立てだってできるのだからな』

面接交渉権というのは、要するに『子どもに会う権利』のことだ。

「そうやって法とか裁判所とかを持ち出すから角が立つんじゃない。あーもう、これでまた母さんが不機嫌になる。同じ家に住んでるこっちの身にもなってよね」

『……不機嫌？　竜太《りゅうた》、まさかお前、母さんから虐待を受けたりしてるんじゃなかろうな？』

「そんなわけないでしょ。だからって、一緒に住んでる家族の機嫌が悪くなれば居心地がいいわけないいじゃない。まあ、機嫌が悪くなるほど仕事に打ち込む人だから、たぶん帰ってこなくなるだけだけど」

『あいつも仕方のないヤツだな』

「母さんも、父さんに言われたくはないと思うけどね。それに、言っておくけど、面接交渉に関する申し立てで一番優先されるのは『子どもへの影響』だってことをお忘れなく。確かに面接交渉権は父さんの権利だけど、僕が会いたくないって言えば権利が制限されることだってあるんだからね」

『お前なあ……。いつからそんな冷酷なことを言うようになったんだ？　お前はどっちの味方なのだね』

「別に。正直、どっちにもむかついてる。もちろん、勝手に出て行った父さんにもね」

『竜太、わかってくれ。男には、すべてを投げ打ってでも為《な》さねばならないことがあるのだ』

この男の、こういう茶化した物言いが神経を逆撫《さかな》でするんだ。

「だったら、投げ打った相手に気まぐれで電話なんかしてこないでよ」

『いや、それを言われるとな……』

向こうが言い澱《よど》んだ瞬間に、電話から妙に騒がしい音が漏れてきた。人の話し声、というか叫び声に近いだろうか。

『……何？　それは本当か!?』

その声は、明らかに僕ではなく電話の向こうに向けられていた。そして改めて僕に、

『竜太、お前の学校は私立御堂《みどう》中央高校だったな？』

「え？　だったら何さ」

『すぐに逃げ……いや、犯人を刺激するのはまずいか。いいか、とにかく冷静な行動を心がけるんだぞ。可能なら学校から脱出して、なるべく遠くに避難しなさい。大丈夫、父さんもすぐに行くからな！』

「はあ？」

しかし、返事はなかった。耳に届くのは、周囲に何か指示を出している声。内容までは聞き取れない。電話口に聞こえてくる音から察するに、何か非常事態が起こったらしい。伝わってくるのは慌ただしさだけで、それも数秒、すぐに回線が切れてしまった。

逃げる？　犯人？　首を傾《かし》げた瞬間、図書館の中に入っていく見覚えのある姿が目に入った。忘れようも見間違いようもない、真っ赤なフード。手には拳銃《けんじゅう》を持っていた。

なんであいつが……？

いや、この際それはどうでもいい。中にはまだ千紗《ちさ》がいる！　慌てて後を追って図書館に入ると、案の定というか何というか、千紗はリトル・レッドフードに銃を突きつけられてホールドアップしていた。

「……あらら、もう一人はどこ？　可愛《かわい》い相方を見捨てて逃げちゃったってか」

リトル・レッドフードの問いに、千紗は、

「え？　……ええっ？　いえ、その……」

と困惑するのみだった。

「ちょ、待った！」

その光景に焦った僕は、慌ててカウンターの中に飛び込んで、千紗とリトル・レッドフードの間に割って入った。

しかし、それはつまり銃口の真ん前に立つということなわけで、割って入ったはいいけど即座に手を挙げることになってしまった。

「あはは、久しぶりね、ボク。女の子の前でカッコつけたくなっちゃった？　銃の前に飛び出すなんていい度胸だけど……嫌いなんだよねえ、そういうの」

　銃を構えたまま、リトル・レッドフードは腰に左手を当てて不敵な笑みを浮かべた。

「……覚えててもらえたとは光栄だね」

　軽口を叩《たた》きながらも、軽く後悔。変身してから飛び出すべきだった。

「何でレッドキャップ隊の親玉がこんなところにいるの」

「ねえボク、質問できる立場かどうか、少し冷静に考えてみたら？」

　リトル・レッドフードの不敵な笑みが失笑に変わった。そして、犬でも追い払うかのように拳銃を軽くシッシッと振って、

「ほら、退《ど》いた退いた。その度胸に免じて、ボクだけは助けてあげるから」

「イヤだ」

　即答していた。はは、リンドヴルムのときのクセだろうか。僕自身、ちょっと驚いていた。けど、譲れない。『だけ』などと言われては、譲れるわけがない。

「……竜太《りゅうた》さん…………」

　背後から、消え入るような千紗の声。

　リトル・レッドフードの口元がへの字に歪《ゆが》んだ。そして、舌打ちが聞こえた。機嫌を損ねたのは明らかだった。

　さて、いよいよヤバいぞ。いざとなったらこの場で変身もやむなしか。しかし、ネクタ

イとシャツの下のスイッチ、果たして押すのが間に合うかどうか。

「あっそう。ボク、死にたいんだ」

トリガーにかかった人差し指に力がこもったのが見て取れた。

緊張して、唾《つば》を飲み込んだ。さりげなさを装って、右手でネクタイを緩める。が、間に合いそうになかった。くそ、何だってスイッチをこんな位置に設置するかな。

「……はあ」

溜《た》め息《いき》を一ついて、リトル・レッドフードは銃を下ろした。

「やめやめ。ボクを引き立ててるだけじゃん、アホくさ」

「は？」

「よかったね、ボク。気が変わった。どうせ生徒全員を人質にする必要なんてないんだし」

くるり、と踵《きびす》を返して、リトル・レッドフードは図書館を出て行こうとしていた。なんだ？　この心変わり。

「あ、そうそう」

リトル・レッドフードが足を止めて振り返った。

「念のため、今のうちに逃げなよ。この学校からできるだけ離れた方がいいぞぉ、ボク」

「は？　それってどういう……？」

しかし、僕の質問には答えようともせず、リトル・レッドフードは図書館から出て行ってしまった。よくわからないけど、どうやら助かったらしい。

「だ、大丈夫？」

千紗《ちさ》を振り返ると、右手のフタを開けてスイッチに手をかけていた。

「あ、はい。……あと少し、彼女が銃を下ろすのが遅かったら……、スイッチを押しているところでした」

それは、別の意味で危ない。

「それにしても……いったい何が起きているんでしょう？」

「さあ……。そういえば、あいつも……父もここへ来るとか言ってたし……」

「え？　竜太《りゅうた》さんのお父様が？　じゃあ、さっきの電話は……」

「うん。ただごとじゃない感じではあったけど……レッドキャップ隊、まさか今度は生徒を人質に取って立て籠《こ》もったりしてるのかな……？」

何のために？　お金が目的なら、きっとそんな方法は取らないはずだ。では……？

人質を取って立て籠もるということは、何か要求があるはずだ。もしかしたら、その要求は政府や報道機関にすでに通達されているのかもしれない。

僕はテレビを見ようと携帯を開いた。関連のニュースを探してチャンネルを回す。

『……現在、レッドキャップ隊は多数の生徒を人質に取り、私立御堂《みどう》中央高校の校舎内に立て籠もっているとのことです。あ、今自衛隊も到着した模様です！』

うちの学校の映像。どうやら校門の前には、すでにたくさんの報道陣とか警察とかが押しかけているらしい。しかも自衛隊まで、とは。いや、確かに洒落《しゃれ》にならない事件だけど、大袈裟《おおげさ》すぎるんじゃないかなあ……。

『レッドキャップ隊の要求はただ一つ、先の銀行強盗事件で逮捕された仲間たちの解放、とのことです。なお、先ほどレッドキャップ隊の名前で我が極東テレビに届いたメールによりますと、犯人たちは非常に強力な爆発物を所持しており、時限式の起爆装置のスイッチはすでに入れられているとのことです。メールの到着から一時間以内に要求が受け入れられない場合には、多くの犠牲が出るだろう、という内容だったと……』

千紗が息を呑《の》むのがわかった。

「別棟だったから、気づかなかったのかな」

おそらく、教室がある普通棟にいた生徒たちは、銃で脅されて一箇所に集められているのだろう。

「ど、どうしましょう……?」

不安げに、千紗が僕を見る。

「どうって、放《ほう》ってはおけないでしょ？　レッドフードの言葉通り逃げるわけにも……」

そこまで言って、言葉を止めた。いや、止まった、というべきか。

そうだ。逃げろという言葉の意味は、爆発に巻き込まれるから、ということだろう。なぜ、僕たちを逃がそうと？

「そういえば、僕が戻ってくる前に何か言われてたよね？　もう一人がどうとか」

「え？　あ、はい。えっと、もう一人はどこだ、わたくしを見捨てて逃げたのか、と」

「……つまり、レッドフードは図書委員の当番が二人一組であることを知っていた？」

「あ。そう……ですよね」

しかも、隊長自らがピンポイントで図書館にやってきた理由は？

……カウンター当番についてある程度知っていたってことは、この学校の関係者。あえて僕たちに会いにくる理由……。僕らを知っていて、この学校の関係者で、あのくらい背の小さな女の子って……まさか。

あの声。あの容姿。あの言動。……くそっ。

思わずカウンターを力一杯叩《たた》いていた。その音に、千紗《ちさ》がびくりと首を竦《すく》める。

「あ、あの……？」

おそるおそる、千紗が僕に声をかけてきた。

「……ありすだ」

「え？」

「ありすなんだよ！　そうとしか考えられないじゃないかッ！　あいつは……リトル・レッドフードはありすなんだ！　ちっくしょうッ！　何やってんだ、あの馬鹿《ばか》はっ！」

もう一度、カウンターを叩いた。さらにもう一度。さらにさらにもう一度、カウンターに拳《こぶし》をぶつける。頑張ってるんじゃなかったのか。勉強とアルバイトを両立させるために頑張ってるんじゃなかったのか、お前はッ！

どうすればいい？　どうすれば……？

「そんな……」

　僕同様に困惑して、青ざめてさえいた千紗だったけど、立ち直りはずっと早かった。千紗は一度唇を噛《か》んで、しかしすぐに顔を上げた。そして、

「あの、竜太《りゅうた》さん、落ち着いて下さい」

　と、取り乱した僕の、カウンターを殴っていた拳に触れて言った。

「きっと、何か理由があるんです。とにかく、やめさせましょう」

　何か理由が？　……そうだ。そうであってほしい。いや、そうに決まってる。だったら、すぐにやめさせなければ。

「……うん、そうだね」

　少なくとも、僕が今やるべきことは、カウンターを叩くことではない。

　千紗の言う通り、落ち着くべきだ。頭を冷やせ。最善の手を探すんだ。思考を巡らせろ。

「確か……生徒全員を人質にする必要はない、って言ってたよね」

「え？　あ、はい」

「裏を返せば、それはそうするだけの人員がないんだ。銀行強盗の件まで逮捕者が出なかったのも、おそらく少数精鋭だから。レッドキャップ隊は、キッチリ統制が取れる最小限の人数で構成されているんだと思う」

「……えっと、はい」

「つまり、学校の各所に配置する人員はない。いくら銃を持っていようと、一人二人でい

るところを徒党を組んで反抗されたら危険だから。そんな危ない真似《まね》をする生徒がいるとは思えないけど、僕がレッドキャップ隊の立場ならそのリスクは避けようとする」

　千紗《ちさ》がうなずく。

　リトル・レッドフードが単身ここへ来たことはどうかと思うけど、……いや。その行動自体がありすだと断定する最大の根拠だ。たぶん、僕らに逃げろと言うためだけに来たのだ。逆に、あいつがありすでないのなら、ここへ来る意味自体がゼロだ。

「だったら、彼らが取る作戦は一択だ。人員は可能な限り一点集中、昼休みという時間帯を考えれば……学食か。学食を強襲して食事中の生徒たちを人質に取って立て籠《こ》もるのがもっとも効率がいい」

「あ、なるほど。……さすがです。一瞬で冷静さを取り戻しましたね」

　にっこりと笑って、しかし千紗は、

「あの、でも、念のために言っておきますけど、リトル・レッドフードを片桐《かたぎり》さんとして呼びかけることは禁止ですよ」

「え?」

「だって、リンドヴルムが、片桐さん個人を知っているのはまずいでしょう?　リンドヴルムの正体を特定する、大きな手掛かりになっちゃいます」

　あ。確かに、それはそうだ。

「それに……リトル・レッドフードの正体が他《ほか》の生徒たちに知られたら、彼女だってこの学校にはいられなくなります。あの、まだ事情もわからないわけですし、そういう事態は避けるべきだと思うんです」

その通りか。ましてリンドヴルムの姿では、説得も何もあったもんじゃない。

「……うん、それはそうかもね。ありがとう」

「あ、いえ。とにかく、図書館を出ませんか？」

異論はない。うなずいて、僕らは図書館を出た。すると、

『ちょっとッ！　要求は伝えてるはずでしょッ！　何ぼやぼやしてんの、さっさとあたしたちの仲間を解放しなさいッ！　早くしないと、罪もない高校生八〇人が木っ端微塵《こっぱみじん》になっちゃうぞッ！』

という拡声器を通したリトル・レッドフードの声が聞こえてきた。……はは、一度そうかと思ってしまえば、もうその声は馬鹿《ばか》な幼馴染《おさななじ》みの声にしか聞こえない。

『言っとくけど、アンシーリーコートの新型爆弾をなめないでよッ！　この学校くらい簡単に消し飛ぶ威力なんだからね！』

本当だとしたら洒落《しゃれ》にならない。今までの努力を全部棒に振る気か、あのアホは。

「……学食で、間違いないみたいですね」

「そうだね」

声が聞こえてきた方向とかを考えるに、ほぼ確実だろう。

「あの、八〇人を庇《かば》いながらとなると……難しくないですか？」

少し不安げに、千紗《ちさ》が言った。

「かなりね。でも、あれがありすなら、人質を傷つけることは望んでないと思う」

千紗は人差し指を唇に当てて、記憶をたぐるように宙を見上げ、

「……あ、そういえば、これまでもレッドキャップ隊は死者を出してないんですよね」

「うん。僕が最初に出くわしたときも、銀行強盗のときも、まずレッドフードが言ったのは『殺すな』とか『撃つな』だったしね」

銀行強盗のときは発砲はしていたが、あれは僕らの奇異な姿を見て怯《おび》えたからだと解釈するべきだろう。そりゃ目の前にドラゴンみたいな怪物が現れれば無理もない。

「認識偏向時計を使えば、奇襲も可能ですけど……」

「そうだね。できれば初手で、彼らの武器を無力化したいかな」

「あ、わたくしの役目ですね。頑張ります」

「うん、頼むよ。僕はなるべく注目を集めて学食に突っ込むから、千紗は認識偏向時計で隠れて学食に侵入するんだ。そして髪の毛で彼らの武器を奪って」

「はい」

「じゃあ、行くよ！」

さっき電話をした木陰に隠れて、かつ周囲に人目がないのを確認し、スイッチを入れた。

そして、そのまま翼を開き空へと飛び上がる。千紗も変身して、学食へ向かって駆け出した。その後ろ姿や尻尾《しっぽ》はすぐに掻《か》き消えてしまったが。

僕の姿に、校門の向こうの群衆からどよめきが上がった。

何度か校舎の周りを低空で旋回し、前庭から学食の窓を見やる。窓を破って飛び込んでも怪我人《けがにん》が出なさそうな位置を目標に定め、そのまま学食の窓に突っ込んだ。

生徒たちの悲鳴。砕けたガラスが僕の体に降り注いだ。着地するなり、一度身を震わせてガラスの破片を体から落とす。

「なッ……!?」

リトル・レッドフードが驚愕《きょうがく》の声を上げた。

状況確認。生徒たちは僕から見て右側に集められている。

そのすぐ側《そば》で銃を持つレッドキャップが二名、二号と四号。僕から見て左側にリトル・レッドフード、その側に一人、一号。そいつは座り込んで奇妙な金属の塊に接続したノートパソコンを開いていた。一号だけは銃を持っていない。

金属塊は野球のボールくらいの球体を中心に、直径数センチくらいの太いパイプが複雑に絡み合っているような形状をしていた。そこに、時限式の起爆装置の一部であろう液晶がついていて、刻々と数字を刻んでいる。トータルの大きさは、学校の廊下とかに設置してある消火器より一回り大きいくらいだろうか。

さらに、学食の二つある出入り口を見張るレッドキャップが各一名ずつ、六号と七号。今のところ、リトル・レッドフードを含めて六名。

「おっと、無闇《むやみ》な発砲はしない方がいいぞ。どうせ俺様《おれさま》には効かないし、下手《へた》に撃てば生徒に当たる。それはお互い、望むところではないはずだ」

「な、何を言って……」

と、リトル・レッドフードが僕の言葉の意味を聞き返そうとしたその瞬間、レッドキャップたちやリトル・レッドフードの手から拳銃《けんじゅう》が消えた。

「な……？」

「た、隊長!?　銃が……！」

「な、お、お前ッ！　いったい何をした！」

ラプンツェルが僕の傍らに姿を現す。その髪は五丁の銃を絡め取っており、手には銀色の懐中時計が握られていた。

「ら、ラプンツェル……ッ！　アンタ、その時計は……！」

リトル・レッドフードがかなり動揺気味に叫んだ。

「えっと、ご存じありませんでしたか？　認識偏向時計は、もともとデーモンテイルが開発したものなんですよ」

「こ……このっ、何でアンタらはッ！　人の仕事の邪魔ばっかりしてッ！」

「何が仕事ですか。全部犯罪じゃないですか！」

ラプンツェルの指摘は実に的を射ているが、君が言うのはどうなんだろうか。

「やれやれ。だいたい、何でそこのちっこい女の子が隊長なんだ。大の大人《おとな》が小娘に顎《あご》で使われて、お前らそれでいいのか」

「ちっこいってのは誰《だれ》のことだッ！」

リトル・レッドフードは、だんっ、と苛立《いらだ》たしげに足を踏みならし、叫んだ。

「お前の他《ほか》に誰がいる？」

「この……ッ。……ま、いいわ。その理由は簡単、採用試験であたしの指揮能力が……」

「ふ。わからんのか。……わからんだろうな、お前には。馬鹿《ばか》め！」

一号がリトル・レッドフードの言葉を遮り、ちらりとラプンツェルを見やって、言った。

「何だと？」

「そうだそうだ。そんな、栄養が全部乳に行ってるような女を連れてるアンタにゃ、永遠にわからないだろうぜ。おいらたちの隊長の、この未成熟の素晴らしさは！」

六号も叫んだ。

「……はあ？」

「この、年齢とツルペタ加減のアンバランス！」

「隊長の未成熟なボディこそは、神が創《つく》りたもうた奇跡の芸術！」

「ジーク・ハイル！　ハイル貧乳！」

「こんなときにまでセクハラまがいの冗談を言うなッ！」

一番近くにいた一号を足蹴《あしげ》にして、リトル・レッドフードが激昂《げっこう》する。僕は呆《あき》れて言葉を失っていたけど。

「……あの、皆さん、いいんですか？　それ、爆弾なんですよね？　表示されてる時間が五分を切っているように見えるんですけど……」

ラプンツェルが指さした謎《なぞ》の金属塊に取りつけられた液晶の数字は、確かに五分を切っていて、その瞬間もなおカウントダウンを継続していた。

「た、隊長……っ！」

一号がかなり焦って、リトル・レッドフードの指示を仰ぐ。

「で、でも、要求が通るまでは……」

「馬鹿《ばか》か。お前も巻き込まれるぞ。それに、ここにいるメンバーだってお前の仲間だろう。それを死に追いやっていいのか？」

僕の言葉に、リトル・レッドフードは言葉につまり、数秒悩んで、

「くっ、やむを得ないわ。一号、停止のパスワードを」

「了解！」

一号がノートパソコンのキーボードを叩《たた》く。が、カウントダウンが止まる気配はない。

「あ、あれ？」

何度一号が試しても、結果は変わらない。リトル・レッドフードや他《ほか》のレッドキャップたちの焦り具合を見ても、どうやら演技ではなさそうだった。

「ちょっと、どうなってんのッ！」

苛立《いらだ》ちを隠しもせず、リトル・レッドフードが一号を怒鳴りつける。

「どうって、これはもう、パスワードが変えられてたとしか……」

表示が一分を切った。舌打ち。

「貸せッ！」

僕は叫んで、その金属塊に走り寄って鷲掴《わしづか》みにしていた。リトル・レッドフードや一号が声を荒らげて何かを言っているが、構っている暇はない。ノートパソコンに繋《つな》がる配線を引き抜き、爆弾を手にしたまま、破った窓から外へ出て翼を開く。

そして、飛んだ。ただ、まっすぐ上へ。全速力で、上へ、上へ。もっと、もっと。

液晶を見やる。残り、三〇秒弱。もう少し、上へ……！

……南無三ッ！

残り数秒の時点で振りかぶって、力一杯真上へと金属塊を投げた。

目の前で、凄《すさ》まじい光が炸裂《さくれつ》する。目を開けていられなかった。

次に、衝撃が来た。熱い。リンドヴルム状態の僕が熱いと思うんだから、どれほどの熱が放たれているのだろうか。何にせよ、僕の飛行能力ではその衝撃に耐えられなかった。空気に押し返されるように、流されるように、僕はバランスの制御を失った。

そして、光と熱さと衝撃の波とに揉《も》まれながら、左の肩に何かがぶつかるのを感じた。おそらく爆弾の破片か。爆発の衝撃によって加速したその破片は、銃弾さえ跳ね返す僕の鱗《うろこ》を貫き、槍《やり》のように深々と突き刺さった。痛いというよりは、その部分が燃えているようだった。灼《や》けるような痛みが脳天まで突き抜けていく。

衝撃に翻弄《ほんろう》されて、痛みに苛《さいな》まれて、上がどちらなのかわからなくなりつつあった。羽ばたくことを止めた僕の体を、重力は容赦なく掴《つか》んで引き寄せようとする。

……このままでは、まずい。

そう思いながらも、落下しながら僕は、そのあまりの痛みに意識が遠のいていくのを感じていた。


……痛い。

覚醒《かくせい》して最初に認識した感覚がそれだった。自分の鼓動にさえ、痛みが伴っている。

「リンドヴルム！　リンドヴルムッ！　いやあああぁぁっ、リンドヴルム、目を開けて下さいっ！　死んではイヤッ！　死なないで、リンドヴルムッ！」

耳に、千紗《ちさ》の……ラプンツェルの絶叫に近い声が飛び込んでくる。

ああ、そうだ。今の僕は、リンドヴルムなんだ。

痛みを堪《こら》えて目を開けると、ラプンツェルが僕にしがみついて泣き叫んでいた。その僕らの体の下には、大量のピンクの頭髪。

……ここは、高校の前庭か。どうやら、ほとんど誤差もなくまっすぐ落ちてきたらしい。気を失っていたのも、せいぜい落ちてくるまでの間の何秒かだったようだ。

見れば、鱗《うろこ》のあちこちが焦げついていた。翼の皮膜も、破れているとまではいかなくても、裂けたり焦げたりしている部分が数多く見受けられた。見るからに満身創痍《まんしんそうい》だ。

「か……髪の毛で受け止めてくれたのか……。すまない」

その声を聞いて、ラプンツェルは一度泣くのをやめて僕を見た。しかし、今度は安心したのか、また僕の首にかじりついて泣き始めてしまった。

首を上げて、周囲を見る。学校に詰めかけていた警察だか自衛隊だか知らないが、そんな連中が僕らに向けて銃を構えていた。

歯を食いしばる。痛みを我慢して、むりやり、四つ足で立ち上がった。無意識に、口から悲鳴に近い声が漏れていた。血が、地面に滴り落ちる。

「だ……ダメです、リンドヴルム！　貴方《あなた》は酷《ひど》い怪我《けが》を……！」

驚いて、ラプンツェルが言った。僕を見上げるラプンツェルの目には、また大粒の涙が溜《た》まっていた。その言葉は、むしろ懇願に近かったかもしれない。

……けど、聞いてもいられない。

彼女を守らなければならない。それが、僕をこの体に改造したドクターの願いなのだから。そして、それより何より、僕自身もそれを望んでいるのだから。

きっと彼女がいなければ泣き喚《わめ》いていたことだろう。まして痛みを堪えて立ち上がろうなんて、考えもしなかったはずだ。

守らなければ。そして、何としても彼女を連れて基地までは帰り着かなければ。僕がここで動けなくなれば、おそらく彼女にまで累《るい》が及ぶ。この優しい総帥閣下は、僕を残して一人で逃げるなんてできやしないだろう。

傷口を見ると、まだパイプのような部品が肩に突き刺さっている。周辺の筋肉が収縮して、パイプを押し潰《つぶ》そうとしていた。その筋肉の収縮が、出血をかなり抑えているらしい。引き抜くべきだ。

感覚が教えていた。おそらくはこの異物を引き抜いても、筋肉の収縮が変わらず出血を抑えてくれるだろう。二足で立ち上がり、右手でその異物を掴《つか》み、一気に引き抜いた。また、咆吼《ほうこう》のような悲鳴が口から出る。泣きたい。痛みで気が狂いそうだった。

二足で立っていられない。引き抜いたパイプを捨てるなり、僕は右手を地面についてしまっていた。その衝撃に、また傷が痛む。

が、僕の判断は間違っていなかったようだ。抜いた瞬間には強烈に痛んだものの、異物が取り払われたことで幾分かは動きやすくなったように思えた。

見れば、四つ足とは言えなかった。左の前肢が、肩の筋肉の収縮の影響で縮こまってしまっている。肘《ひじ》を伸ばせそうにない。指は動くので神経は切れていないようだったけど、指を数ミリ動かしただけで鋭い痛みが走った。

しかし、傷は肩胛骨《けんこうこつ》の方までは達していないらしい。その付近から伸びる翼は、動かしても比較的痛まなかった。

とにかく、ある程度の状況確認はすんだ。銃口を向ける連中を睨《ね》め回し、翼でラプンツエルの体を隠す。そして、荒くなった呼吸を懸命に整えつつ、

「なぜ銃口を我々に向けるのか！　我々が人に危害を加えたかッ!?」

と吼《ほ》えた。

「心して聞け！　ラプンツェルを撃とうとするなら、相応の覚悟をするがいい！　代償は、この爪《つめ》と牙《きば》で引き裂かれることと知れッ！」

　感情のままに出た言葉だった。

　というより、痛みのあまり、熟考などできそうにない。

　と、後ろから派手な音が聞こえた。振り返ると、椅子《いす》やら食器やらが幾つも投げつけられていた。誰《だれ》にって、レッドキャップ隊の面々に。銃を失ってしまえば、数が違う。生徒たちの怒りに、彼らはほうほうの体《てい》で割れた窓から逃げ出そうとしていた。

「リンドヴルムとラプンツェルは悪くないぞッ！　むしろ私たちを助けてくれたんだ！」

　大声で叫んだのは、高槻《たかつき》さんだった。驚いた。人質の中にいたのか。

「悪いのは全部こいつらだッ！　私たちに銃を突きつけて人質にしたのも、あんな爆弾を持ってきたのも！」

　高槻さんが指さすなり生徒たちから歓声が上がり、また学食の色々な物が投げつけられる。何とも災難なことだ。まあ、確実に因果が巡り巡った結果なので同情はしないけど。

　そこへ、どこに隠してあったのか、赤いワンボックスカーが逃げ惑うレッドキャップ隊の側《そば》まで走ってきて、庇《かば》うような位置取りで止まった。運転席の窓が開いて、やはり目出し帽に野球帽の八号が顔を出す。

「隊長！　みんなも、早く乗ってッ！」

　ワンボックスのドアというドアを開けて、レッドキャップ隊は乗り込みにかかる。何ともまあ、ずいぶんと連携の取れた連中だ。

そのとき、校門の方から号令が飛んだ。

「構わん、発砲を許可する！　あの凶悪犯どもを逃がすな！」

「なっ……！」

僕が驚いている間に、一斉にワンボックスめがけて銃弾が飛んだ。弾丸が命中した部分から、ボディの赤い色が剥《は》がれていく。

そうか、あの赤い色はシール状になっていたのだ。赤という色を印象づけて、それを剥がすことでありふれたワンボックスに変わる仕組み。そうすればいくらかは自由に動けるようになるし、時間も稼げる。時間が稼げれば、認識偏向時計のチャージをする余裕だって作れる。その上で、ワンボックスそのものを収容できるトレーラーでも併用すれば、そうそう簡単には見つからないだろう。

……いや、そんなことを考えている場合じゃない！

「や、やめろっ！　撃つなーッッッ！」

絶叫していた。

ドアを閉め切るのを待たず、ワンボックスが姿を消す。認識偏向時計を作動させたのだろう。それ以降の銃弾は空を切ったようにしか見えないが、果たして実際はどうだったのだろう。認識をずらしたところで、銃弾が当たれば傷はつくのではないか。

……ありす。ありす……！　どうか、どうか無事でいてくれ……っ。

「撃つな、とは異なことを」

　号令の声の主が、歩み寄ってきた。今まさに到着したのだろう、車から降りたばかりという趣だった。穏やかな笑みを湛《たた》えたその男は、僕らの前で立ち止まった。

　背後にはスーツ姿の女性を連れている。ショートボブの、目が細い二〇代後半か三〇代前半くらいの女性だった。こんな騒然とした状況でも澄まし顔で、落ち着いた物腰というよりは何だか機械じみた感じさえした。秘書だろうか？　少なくとも、政治家として表舞台には出てきていないはずだ。

　それにしても。

　この局面で、この男が出てこようとは。呻《うめ》くように、僕はその男の名前を口にしていた。

「……阿久津《あくつ》……防衛大臣」

「おや、私をご存じとは。光栄ですな、ミスター・リンドヴルム」

「そんな社交辞令は要《い》らんッ！　なぜ、なぜ撃たせたッ!?　もう彼らに武器はなかった。丸腰だったはずだ。何も撃つことはなかった！」

「ふむ。……まず、我々は彼らが丸腰かどうかを知らなかったのですよ。

　それに、あの爆弾。貴方《あなた》が身を挺《てい》して処理して下さったからよかったようなものの、貴方がいなかったら人質に取られた高校生たちはもちろん、包囲していた警官隊や市民の皆さんまで巻き込まれたはず。あるいは、高校の近隣一帯が焼け野原になっていたでしょう。

　そんな爆弾を躊躇《ちゅうちょ》もなく使うような凶悪なテロリストは、早急に排除しなければ国民の安全は守れないのです。また同じことを繰り返される前に手を打つ必要がある。……どうやら、まんまと逃げられてしまったようですがね」

「しかし、だから殺してもいいなどという理屈は……っ！」

「なるほど、メディアで報じられている通り、心優しいドラゴンなのですな、貴方《あなた》は。しかしお恥ずかしい話ですが、人間の中にはその優しさに唾《つば》する者も少なからずいるのです」

くっ、この男は……！　言い分は正しいのかもしれないが、納得などできはしない！

「それはそうと、我々はあなた方にお礼を言わねばなりません。今回のことはもちろん、今までも一度ならず我が国の国民を助けてくれたのだとか。本来ならば首相自らが来るべきところですが、なりかわりまして謝辞を述べさせて頂きたい」

「……この国では、相手に銃口を向けたまま礼を述べるのか」

レッドキャップ隊に発砲した銃口は、再び我々に向けられている。

「確かに、その非礼は幾重にも謝らねばなりませんな。世論も今やあなた方の味方をする方へと傾きつつある。この様子が中継されているとなれば、今頃《いまごろ》、私の事務所や官邸には抗議の電話が殺到していることでしょう。しかし、私は貴方のような頑強な鱗《うろこ》も鋭い爪《つめ》も持っていないのです。臆病者《おくびょうもの》としましては、せめてこうでもしなければこの場に立つことさえ躊躇《ためら》われるのですよ」

言葉が、すべて借り物に思えた。温かみがない。一言一言が癇《かん》に障る。

「とにかく、我が国としてはあなた方と交渉する場を持ちたいと考えております。できれば、お招きして色々お話を伺いたいのですがね」

「そういう状況に見えるか。悪いが怪我《けが》をしている。一刻も早く帰って体を休めたい」

「……でしょうな。可能ならばラプンツェル嬢だけでも、とも考えているのですが」

「ありえんな。ならば逆に提案しよう。貴殿を我々の住処《すみか》へと招待したい。もちろん、お一人でだ。そう言われたら、貴殿は受けるのか？」

「……なるほど。性急すぎたようですな」

「悪いが、もう話すのも辛《つら》い。帰らせてもらう」

「わかりました。いずれ、ゆっくりと交渉の場を持てることを期待します」

「……。ならば、誠意を示すことだ。後を追ってきたり居場所を突き止めようなどと画策するなら、いかに我々でも報復を考える」

「無論です。未確認であるものに対して、我々に打つ手などありはしませんよ」

くそ、白々しい物言いだ。

「言質は取ったぞ。民間にもキッチリ通達を出しておくことだ。もし追ってくるものがあるようなら、遠慮なく叩《たた》き落とさせてもらう。もう手加減ができる体調でもないのでな」

「わかっていますとも。では、お大事に。一刻も早い快復を祈っておりますよ」

もう、この男と話す気はなかった。翼の中に、「行こう」と声をかける。

「……でも。飛べますか？　痛くないですか？」

「ああ」

嘘《うそ》をついた。

痛くないはずがない。しかし、耐えなければならない。飛べるか……それに関しては、できるできないの問題ではなく、やらねばならないのだ。

翼を広げる。右前肢でラプンツェルを抱え、二足で数歩助走し、地面を蹴《け》った。

飛べ。飛べッ！　とにかく、基地までは保《も》たせなければ。

なんとか飛び立てたものの、空中で何度かふらついた。姿勢の制御が思ったよりきつい。体に当たる風さえも、傷に染みる。すでに息が荒い。

「……ラプンツェル、認識偏向時計は……あとどのくらい動く……？」

「え？　……あ、はい、まだ効果時間は半分以上残ってますけど……」

「頃合《ころあ》いを見計らって、スイッチを……入れるんだ。ああは言っていたが、あの男の言葉は……信用できない」

「え？　……そうでしょうか……？　むしろ、話がわかるように思えましたけど……。それに、あの人は……防衛大臣ということは……」

「政治家の言葉など……信用するな」

異論はありそうだったが、ラプンツェルは「はい」と返事をした。

「……。わかりました……けど、リンドヴルム、大丈夫ですか？　辛《つら》そうです……」

「大丈夫。……大丈夫だ」

これも嘘。だが、基地まで行き着かなければ、ダウンもできない。

ようやく、基地が目に入った。普段ならひとっ飛びの距離が、今は果てしなく遠い。

体が軋《きし》んでいる。体中の感覚が怪しくなり始めていた。もう少し。……もう少しだ。

基地の屋上に足が着いた。が、力が入らなかった。倒れ込むように、コンクリートに激突する。結果、ラプンツェルを投げ出すような格好になってしまった。

……すまない。

しかし、もう声を出す気力も残っていなかった。

僕の名を呼びながら、ラプンツェルが駆け寄ってくる。

……よかった、彼女に怪我《けが》はなかったらしい。そんなことを思いながら、僕はまた意識を失った。

＊

思いのほか、目覚めは爽快《そうかい》だった。

見覚えのない天井、ベッド、病院の個室のような部屋。傍らには千紗《ちさ》がいて、椅子《いす》に座ったままうたた寝をしていた。

……基地までむりやり飛んできて……それから……？

たぶん、気を失った後に基地で手当てを受けて、そのまま寝かされていたのだろう。変身はすでに解除されていて、シャツも脱がされていた。左肩から胸にかけては幾重にも包帯が巻かれており、それ以外にもあちこちに絆創膏《ばんそうこう》が貼《は》られている。

起き上がろうとすると、左肩が痛んだ。呻《うめ》き声が出てしまう。その声に反応したのか、千紗《ちさ》が弾《はじ》かれたように目を覚ました。

「だ、ダメです、竜太《りゅうた》さん！　重症なんですから……」

僕を起き上がらせまいと、千紗が僕の両肩を押さえつけた。

「……痛ッ」

左肩に触れられた瞬間に、また痛みが走った。

「あ……す、すみません」

「いや、大丈夫。ずいぶん痛みは引いているから」

起き上がることを諦《あきら》めて、言った。その瞬間に、どこからともなくドクターの声が響いてくる。

『治ったわけではありませんよ。痛み止めが効いているだけです。運び込まれたのが普通の病院だったら、果たして手の施しようがあったかどうか。……いやまあ、人体改造してある都合上、対処の仕方など私以外にわかるはずがないのですが』

それはそれでどうかと思うんですが。

「今、何時ですか？　僕はどのくらい寝てましたか？」

『一晩経《た》って、朝の九時です。時間にすれば一九時間ほどでしょうか』

「えっ？　それはさすがに……」

まずい。あんな騒ぎの後に無断外泊じゃあ、いくら母でも心配するはず……。

「あ、大丈夫です。現場検証とか何とかで、学校に一般人は立ち入れなくなってしまっているんです。今日は休校ですよ」

「いや、そういうことじゃなくて……。僕の携帯は……?」

「あ、はい。ここにあります」

ベッドの枕元《まくらもと》近くにあったテーブルというか台の上から、千紗は僕の携帯を取って手渡してくれた。寝たまま右手で受け取り、開く。

メールはゼロ件。着信は……五件。

げ、やっぱり母さんか……? そう思って履歴を見ると、三件は父を名乗るあの男からだった。それは無視していい。他《ほか》は、全部公衆電話から。

母じゃない。母だって携帯は持っているし、仕事場はもちろん、家にだって固定電話はある。わざわざ公衆電話を使うとは思えなかった。

……母じゃない、か。いくら何でも母が家にいれば、帰らない僕に連絡くらいするはずだ。ましてや、通っている学校であんな事件があれば。つまり何か。あんな大騒ぎがあっても、母は仕事に没頭中だっていうのか。

いや、それはそれで好都合なんだけど、まったく関心を持たれてないのかと思うとちょっと凹《へこ》む。はは、わかっていたはずなのにね。

と、手にしていた携帯が鳴った。かけてきた相手の表示は、公衆電話。

たぶん、二件の電話と同じ相手だろう。

誰《だれ》か。それを考えて、いや、考えるまでもなく、僕は通話ボタンを押していた。僕に公衆電話から連絡をしてくる人間なんて、一人しか心当たりがない。思わず上体を起こしていた。傷は痛むが、気になんてしていられない。

「ありす！　ありすなんでしょ!?」

ありすは携帯を持っていない。そんな余裕はないし、必要もない、贅沢《ぜいたく》は敵だ……と、常々そう言い張っていた。

『……』

返事はない。ただ、微《かす》かな息づかいだけが聞こえてきた。

「今どこ？　いや、っていうか、怪我《けが》とかは？　無事なの!?」

矢継ぎ早に訊《き》く。もし、あのときに銃弾に当たってしまっていたとしたら。公衆電話から連絡を寄越《よこ》せるくらいなのだから、致命的なことにはなっていないだろう。しかし、そう判断しつつも、悪い予感ばかりが膨らんでいく。

「ありすッ！　黙ってちゃわからないだろ！　ねえ、せめて何か一言……」

『……ごめん』

囁《ささや》くような小さな声で、ありすは言った。声が震えている。

「え？」

『……隠れんぼでもしてるみたい。……見つかったら、かなり洒落《しゃれ》にならないけど……』

つまり、追われているということか。それはそうだ、世間的には凶悪なテロリストなのだから。くそッ。

「ありす、今どこにいるの!?　すぐに行くから！」

『……』

電話が切れた。チクショウ。僕はベッドから下りようとした。が、

「ダメです！　まだ動いては……！」

ほとんど抱きつくような勢いで千紗《ちさ》が止めに入ってきた。けど、嬉《うれ》しがったり照れたりする余裕もなく傷口が痛む。なるほど、これは深刻だ、とようやく身に染みた気がした。

『その通りです。安静にしていて下さい』

「じゃあ、ありすを……幼馴染《おさななじ》みを見殺しにしろっていうんですか!?」

「でも……でも、居場所だってわからないじゃないですか」

居場所……。ありすが隠れている場所。……隠れんぼ、か。

「わかるよ。心当たりがある」

「え？」

「伊達《だて》に長いつき合いじゃないよ。あいつが隠れんぼをするたびに隠れてた、お決まりの場所があるんだ」

こんなときにわざわざ『隠れんぼ』なんて口にするんだから、意味がないとは思えない。

「……わかりました。でも、あの、その場所を確認して、いなかったら、大人《おとな》しく帰って

くるって約束して下さい」

「うん、わかってる」

「それから……、わたくしも一緒に行きます」

心配してくれているのだろう。この怪我《けが》なのだから、つき添ってもらえるのは心強い。

『……やれやれ』

「お祖父様《じいさま》、それならいいでしょう?」

『いいはずがないでしょう。まったく、揃《そろ》いも揃って言い出したら聞かないんですから』

「でも、片桐《かたぎり》さんも、大切なお友達なんです」

『……仕方ありません、無茶は控えて下さいよ。それから、帰ってきたら縛りつけてでも徹底的な検査と治療を再開しますから、覚悟しておいて下さい』

「助かります。……千紗《ちさ》も、ありがとう」

「……いえ」

千紗の肩を借りて、僕は立ち上がった。

はは、なんだろう。僕ってこんなキャラだったかなあ。言い出したら聞かない、なんて初めて言われた気がする。やっぱりリンドヴルムの影響なのか、あるいは……もしかしたら、これが本来の僕なのだろうか。

とにかく、早く行かなきゃ。待ってて、ありす。

タクシーを呼んで、僕の家の近くまで行ってもらった。

千紗の肩を借りて、古い鳥居の前でタクシーから降りる。

そこは、古い神社だった。住宅地にあっても、その一画だけは近所の裏山的な緑を保っている。さほど広いわけでもないし、高いわけでもない。石段だってせいぜい三〇段程度しかないし、リスやウサギが生息しているわけでもない。

それでも、小学生の頃《ころ》には、そこは山であり森だった。絶好の遊び場で、虫を捕ったり木に登ったり、鬼ごっこやら隠れんぼをやるのも大抵はこの近辺だったのだ。

石段を上りきって、老朽化が目立つ神社の裏側に回る。そこにはボロボロの注連縄《しめなわ》がかけられた大きな岩があるのだ。どういう謂《い》われがあるのかは知らないけど、この岩には子どもがようやく通れそうな狭い割れ目がある。ありすはいつも、隠れんぼや缶蹴《かんけ》りのたびにここに入り込んでいた。

「おーい、ありす。どこ？　いるんでしょ？」

岩の前で呼ぶと、案の定、岩の割れ目の奥でがさごそと音がした。少し、安堵《あんど》する。

「……しかし、未《いま》だにここに入り込めるとはねえ」

「うっさい」

言いながら出てきたのは、やはりリトル・レッドフードだった。かなり薄汚れた感じだ。逃亡劇の苦労が一目で見て取れる。

彼女は出てくるなり、フードを後ろに跳ね上げた。髪こそ結んでいなかったけれど、下から現れたのはやっぱり見慣れたありすの顔だった。

「……」

とっさに言葉が出てこない。リトル・レッドフードなんかをやってたことも含めて、こっぴどく怒ってやろうと思っていたはずなのに、いざ顔を見たらそんな心づもりはあっさりと雲散霧消《うんさんむしょう》してしまった。とにかく、無事でよかった、と思う。

「正体知っても驚かないんだね、ボク」

自嘲《じちょう》気味に、そしてかなり決まり悪そうにありすは言った。

「さすがに図書館で気づいたよ」

「……そっか。そりゃそうかもね」

「何でアンシーリーコートなんかに？」

「だって、圧倒的に条件がよかったんだもん。特に時給が」

完全にバイト感覚か。悪事の手先をアルバイトとして雇う方もどうかしているが。

「お金が必要だったのよ。あたし、どうしてもあの学校に……アンタと同じ学校に行きたかったから」

……え？　もしかして、それが理由で……？　いやいや、まさか。言葉のアヤだ。他意はないに決まっている。ありすに限ってそんな進路の選び方はしないはずだ。

「だからって、無茶しすぎだよ。犯罪に手を出すなんて」

「……ごめん」

ありすはしゅん、となってうつむいた。僕はやれやれ、と溜《た》め息《いき》をつく。

「レッドキャップ隊の面々はどうしたの？」

「……別れてきた。っていうか、一方的にバイバイした。アイツらは小悪党だけど、どいつもこいつも得意技の一個は持ってんのよ。針金でどんな鍵《かぎ》でも開けちゃうとか、ハッキングとかコンピュータウイルス作りが上手《うま》いとか、ろくでもないモンばっかだけど。でも、そういう世界で生きてきたヤツらだから、自分たちだけなら上手く立ち回れるはずなんだ。逃げたり隠れたりするのは慣れてるの。あたしがいたら足引っ張っちゃうから」

「でも、姿を消せるなら一緒にいても……」

そう言いかけたときに、ありすは首から下げていた金色の認識偏向時計を手に取って僕に示した。その文字盤には、一発の弾丸がめり込んでいた。

「そ、それって……」

「消える機械。だけど、学校から逃げ出すときに撃たれてこうなっちゃった。これがなかったら死んでたんだから、ラッキーだったのかもしれないけど……でも、悪運も尽きたって感じ。さっきまでは奇跡的に動いてたけど、もう完全に壊れちゃった」

認識偏向時計から手を放して、ありすは僕から少し目を逸《そ》らした。

「あのさ、竜太《りゅうた》。これだけは信じて。あたし、あの爆弾を作動させる気はなかったんだ。ただ仲間を取り返したかっただけで、脅しに使うだけのつもりだった……」

「……だろうね」

「信じてくれんの？」

意外そうに、ありすが僕の顔を見上げる。

「当たり前だよ。っていうか、だろうと思ってた。つき合い長いしね」

「……ありがとと。最期に会えてよかった。この先、あたしが原因で迷惑をかけたらごめん」

ありすの目が少し潤んでいた。最期なんていう縁起でもない言葉が、妙なリアリティを持って僕の不安を掻《か》き立てる。

「……最期って？」

「たぶん、あたしは消されるから」

「え？　ちょ、消されるって……殺されるってこと？　いったい誰《だれ》に？」

「ボスに。あの爆弾に細工されてたのがいい証拠」

「な、何で？」

「邪魔になったんでしょ。あたし、レッドキャップ隊の面々に、ボスの素性について調査するように命令出してたんだ。だって、こっちだけヤバい橋渡らされてるんだから、保険だって欲しいじゃん。でも、嗅《か》ぎ回ってるのがバレちゃったのかもね」

「そんな」

「言ったでしょ。悪運は尽きたの」

寂《さび》しそうに、ありすは微笑《ほほえ》んだ。

「いいえ、あのまだですよ」

今まで黙って聞いていた千紗《ちさ》が、言った。

「ギリギリのところで、片桐《かたぎり》さんの運は尽きていません。竜太《りゅうた》さんに連絡して、繋《つな》がった。わたくしたちがここに行き着いた。それが、運が尽きていない証拠です」

何言ってんの、って顔をしたありすに、千紗は自分の認識偏向時計を出して見せた。

「なッ……!? そ、それって……じゃあ、アンタは……ッ!」

愕然《がくぜん》として、その次にありすは眉間《みけん》に皺《しわ》を寄せた。握りしめている拳《こぶし》が震えていた。

「何よそれ。……むかつく。ホンット、むかつく女だわ、アンタ!」

「え?」

「そもそも、こうなったのだってアンタの……デーモンテイルのせいでしょッ! ああもう、腹立つ! お金とか背丈とか胸とか、あたしにないものはみーんな持ってるクセに、挙げ句に実はラプンツェルでした、だって! つまり、あたしの大事なものを片っ端からぶち壊してたのは全部アンタだったたってことじゃん!」

ええっ!? そ、そういう反応!? っていうか、かなりの割合で逆ギレだし!

「……そ、そんな。わ、わたくし、そんなつもりでは……」

「いいから、竜太の側《そば》から離れろッ! アンタにはリンドヴルムがいるでしょッ!」

ありすは僕の手を取って、千紗の横から離そうとぐいっと引っ張った。バランスを崩して数歩よろめき、その衝撃で傷に痛みが走る。

「ああっ、ダメです! 竜太さんは今、大怪我《おおけが》を……っ!」

「痛ッ……！」

思わず顔が歪《ゆが》み、傷口に手がいった。それを見て、ありすは驚いて僕の手を放した。

「大怪我《おおけが》って……え？　何で……？」

痛みを堪《こら》えて、微笑《ほほえ》んでみせる。大丈夫、という意思表示だ。

「何でって……あれしか方法を思いつかなかったからね。ありすも千紗《ちさ》も、他《ほか》の生徒たちも、爆発に巻き込まれたら死んじゃうでしょ」

困惑した顔で、ありすは僕と千紗を交互に見た。

何を言っているんだ、とでも言いたげな顔。

しかし、徐々に僕の言葉の意味がありすの中に浸透していったのだろう。困惑と入れ替わるようにありすの顔に表れたのは、泣き出す寸前の子どものような、そんな表情だった。

「そんな……。じゃあ、まさか……まさか、竜太《りゅうた》が……リンドヴルム……？」

「あはは、驚いた？」

「う、嘘《うそ》でしょ？　だって……だって、口調とか全然違うじゃん……」

「ありすが気づかなかったんだから、僕の演技もなかなかだね」

ぺたん、とありすは座り込んでしまった。

「何よそれ。何なのよ……。もう、信じらんない……。悪い冗談みたいだ……」

ありすの目には本当に涙が浮かんでいた。まあ、気持ちはわからなくはないけど……。

「ありす。手を組もう。そのボスとやらを叩《たた》き潰《つぶ》せば、ありすは助かるんでしょ？　ありすがアジトとかに案内してくれれば……」

「……放《ほう》っといてよ、もう。どうせ凶悪なテロリストなんだから！」

「利用されてたって一面もあるんでしょ」

「だからって、もう普通の女子高生になんか戻れないもん！」

「バレなきゃいいんだよ。僕らだって世界征服を目論《もくろ》む秘密結社だし。……ま、最近じゃあ完全に宇宙人扱いだけど」

「バレない方法なんて……。それに、どっちみち学費も家賃も払えないし」

「でも、何もしなければありすたちは殺されるんでしょ。レッドキャップ隊の人たちのためにも、できることはやっておくべきだよ」

「……あいつらのため？」

「ボスを叩き潰してアンシーリーコートを壊滅させれば、レッドキャップ隊の人たちも殺されずにすむんじゃない？　助けられるんだよ。それって、隊長の責任じゃないかなあ」

ありすはゴシゴシと目元を乱暴に拭《ぬぐ》った。

「あー、もう、この馬鹿《ばか》！　馬鹿竜太ッ！　昔ッから、余計なお節介ばっかりしてさ」

馬鹿とは何だ。失礼な。

ありすは立ち上がって、お尻《しり》についた土を手で払った。

「わかったわよ。アイツらのためって言われちゃったら、もう口車に乗るしかないし」

拗《す》ねたような照れたような顔を僕らから背けつつ、ようやくありすが折れた。まったく、意地っ張りを説得するのは一苦労だ。

「千紗《ちさ》。千紗の認識偏向時計は一〇分くらい保《も》つんだよね？」

「え？　あ、はい」

「じゃあ、飛んで行けば誰《だれ》にも見られず基地まで戻れるかな」

直線距離で進めるんだから、電車やタクシーよりは絶対に早く着く。

「え？　……でも、大丈夫ですか？　そのお怪我《けが》では……」

「他《ほか》に選択肢はないよ。あれだけ騒ぎになったんだから、きっと指名手配状態だもの。ありすを追ってる連中以外にも、見られたら即アウトだ」

「それは、そうですけど……」

「大丈夫」

そう言って、僕はシャツをはだけて、包帯をずらしてフタを開け、スイッチを押した。僕の変貌《へんぼう》に、ありすが口をあんぐりと開けて驚いていた。一方、千紗は溜《た》め息《いき》をつく。賛成しかねる、と顔に書いてあったが、千紗も渋々手首のスイッチを入れた。

「あの、辛《つら》くなったら言って下さいね。休みながら移動する手だってありますから」

「長引かせるくらいなら、一気に飛んだ方がマシだ。さあ、早く乗れ」

ラプンツェルはいつものように髪の毛を僕の首に巻きつけて跳び乗り、髪の毛でありすの体を持ち上げた。

「えっ？　あわわ」

そして、驚くありすを自分の前に乗せる。

「……この髪の毛、鬱陶《うっとう》しいんだけど」

巻きつけた髪の毛を、ラプンツェルはそのままにしているらしい。

「すみません。でも、あの、安全ベルトっていうか、命綱代わりですから」

そう言われて、不承不承という雰囲気を残したままでありすは口をつぐんだ。

「いいか？　行くぞ」

「はい。認識偏向時計、スイッチを入れました」

三角飛びの要領で、ありすが隠れていた岩を蹴《け》って飛び上がる。そして、痛みを堪《こら》えて大きく羽ばたいた。木々の枝が揺れる。すぐに翼は風をつかまえて、速度を上げた。

「うわ、すご……ッ！」

ありすが驚きの声を上げる。

「どうですか、乗り心地は？」

そのありすに、ラプンツェルが訊《き》いた。

「……乗り心地云々《うんぬん》より、首筋というか肩のあたりに当たるものの大きさがむかつく」

「え？」

「あーもう、やだやだ。デカけりゃいいと思うなよ、ちくしょー。これ見よがしにタトゥーなんか入れちゃってさ」

「ええっ？　で、でも、好きで大きいわけじゃ……」

「何、嫌味？　それって完全に上から目線の、持てる者の理屈じゃん」

「そ、そんな……。すみません……」

「あの罰ゲーム料理か。カプサイシンを山ほど摂取したら、そんだけでっかくなんのか」

「うう。罰ゲームじゃないですよう。……美味《おい》しいのに」

「竜太《りゅうた》も竜太だっ。鼻の下伸ばしてホイホイついて行って、そんな体になっちゃってさ」

「いい加減にしろっ。まったく、人が怪我《けが》を押して飛んでるときに……ッ！」

「……う。ご、ごめん」

ありゃ。いつになく素直に、ありすがしおらしくなった。これは空元気だったか。

「あの、それより、この状態で、わたくしやリンドヴルムの本名を呼ぶのは御法度ですよ。今は他《ほか》から認識されないんでいいですけど……」

「あ、うん。そだね……」

どうにも、らしくない。

まあ、無理もないか。ボスに裏切られて殺されかけ、あれだけの銃弾を浴びせられ、その一発が首から下げた時計にめり込み、その後も一人で逃げ回っていたのだから。もしかしたら、それまで溜《た》め込んできた罪の意識や後ろめたさも、恐怖や不安に拍車をかけていたのかもしれない。

自業自得であることは間違いない。

ただ、その一言で切って捨てられるほど、僕もドライにはできていない。それができないだけの年月が、僕とありすの間には積み上がっているのだ。

「安心しろ。我々と一緒にいるからには、誰《だれ》もありすを捕まえられない。だから、もう怯《おび》える必要もない。悪い奴《やつ》らがありすを捕まえにきても、全部やっつけてやるさ」

前を向いたまま、言った。強がりで意地っ張りのありすのことだから、弱気になっているときの顔なんか見られたくはないだろう。

「……竜太」

呟《つぶや》くような、消え入りそうな声。普段は弱音なんか絶対吐かないありすだけど、その本質は高校一年生の女の子なのだ。努力と虚勢の陰で、きっと相当無理をしてきたんだろうな、と今さらながら思い至った。

「だから、もうへっちゃらだぞ」

ちょっとでも元気を出してもらおうと、少しおどけて言った。

しかし、

「竜太……。怖かった……怖かったよう！　竜太ァ！」

ありすは僕の首にしがみついて、声を上げて泣き始めてしまった。僕は大丈夫、大丈夫、と繰り返し言い聞かせながら、一路、基地へと向かって羽ばたき続けた。

僕の背中でひとしきり泣いたありすは、一転、デーモンテイルの基地に驚いてばかりいた。気持ちはわかるけど。僕も最初そうだったし。

『片桐《かたぎり》さん、その首の時計、返してもらってよろしいですか？』

大広間で、お互いの紹介がすむなりドクターは言った。

「あ、はい。壊れちゃったけど……」

『構いません。多少壊れていても、これがあれば赤尾《あかお》君に頼まれていたものの製作時間も大幅に短縮できます』

ああ、そういえばそんな話もしていたっけ。

マニピュレーターが、ありすの時計を受け取って虚空へと消えていった。

『それはそうと、赤尾君。約束ですから、治療に専念して頂きますよ』

と、数十本のマニピュレーターで押さえ込まれてしまった。地面から手術台がせり上がってくる。……いや、確かに約束しましたけど、何を始める気ですか。

「あの、ドクター。できれば、なるべく早くアンシーリーコートのボスを叩《たた》きのめしに行きたいんですけど」

『寝言は寝て言って下さい。痛み止めだってじきに切れますよ？　そもそも、出歩ける状態じゃないんですから』

むりやり、手術台に寝かしつけられる。仰向《あおむ》けで。問答無用の実力行使だ。

「でも、これだけは片づけないと……。今なら、僕らとありすが合流したことを敵は知らないはずなんです」

『それはそうかもしれませんが……。一時的に神経の伝達をカットしますよ。筋組織の縫合とか、ちょっと派手にやりますので』

「し、神経のカット⁉　そ、そんな無茶な……ッ！」

『無茶でもないです。君は改造人間ですからね』

オモチャにされてる気がする。

『まあ、会話はできるように首から上は回路を繋《つな》いでおきましょう』

そして、遊ばれてる気がする……。

「だ、大丈夫なの……？」

ありすが不安げに千紗《ちさ》に訊《き》いた。千紗は、ええ、まあ、とか言葉を濁している。あのー、せめて大丈夫と断言してほしいんですけど。

「とにかくさ、ありす。アンシーリーコートのボスってどういうヤツなの？」

「さあ？　直接は会ったことないし。……アイツらなら、もしかしたらもう手掛かりくらいは掴《つか》んでるかもしれないけど」

「レッドキャップ隊の皆さんですか？　あの、でしたら、ここへお呼びになっては？　ここなら安全に身を隠せますし」

しかし、ありすは首を横に振った。

「ダメ。下手《へた》に連絡を取ったりすれば、墓穴を掘りかねないもん。迷惑はかけたくない」

「じゃあ、もうアジトに直接乗り込むしかないね。アジトはどこ？」

「アジトかどうかは知んないけど、盗んだものとかを運び込んでたのは、西の方の山の中にある山荘っていうか別荘っていうか洋館。警備員とかはほとんどいないよ？　ってか、正直組織の規模も微妙なんだよね。他《ほか》の実行部隊もいないっぽいし……。そもそも、その実行部隊もアルバイト感覚で雇ってるわけだし。何か、ずーっと開発だか研究だかをしてる白衣の連中はいるみたいだけど」

　開発とか研究というのは、もしかしたら認識偏向時計の量産とかを計画しているのかもしれない。とにかく、そこにボスがいなかったとしても、何か情報の一つくらいは得られるだろう。

「あの、だとしたら、片桐《かたぎり》さんたちを殺そうとするほどの人手もないんじゃないですか？」

「殺すだけなら、ヤクザとか暴力団で充分じゃん。案外色んなところに顔が利くみたいだしね、うちのボスは」

「色んなところ、ですか……？」

「うん。警察の捜査状況とか、検問してる場所とかの情報もくれたたし」

「ははあ、なるほど、それはたぶん、人手を増やしたくても簡単には増やせなかったんだ。そのボスはそれなりの社会的地位を持っていて、素性が漏れると大変なことになるから。手足にバイトを使ったのも、すぐに切り捨てられるようにって考えだったのかもね」

「……あたしらはトカゲの尻尾《しっぽ》か」

　何を今さら。

　しかし、だとすれば話は早い。相手の素性と関与の証拠さえ押さえれば、かなり有利に事を運ぶことができるはずだ。

「というわけです、ドクター。ヤツらは認識偏向時計も持ってたわけですし、千紗《ちさ》のためにもさっさと何とかするべきじゃないですかね」

すでに傷口の上では、いくつものマニピュレーターが忙しく動き回っている。それで痛みを感じないんだからすごい。いや、痛みだけでなくすべての感触を感じない上に、動かすことさえできないんだけど。

『まったく、聞きわけのない……。とにかく、夜まで待って下さい。それまでには君に頼まれていたものを仕上げてみせます。ですから、君もそれまでは処置を受けて大人《おとな》しく眠ること。それが条件です』

「……ありがとうございます」

『礼には及びませんよ。むしろ、こっちが言うべきでしょう。こんな傷を負ってまで、千紗のことを考えてくれているのですから。ま、とにかく、話も終わったのなら』

注射器型のマニピュレーターが下りてくる。

『眠って下さい。今は体力回復が最優先です』

え……？

感覚がない今、その注射がどこに打たれたのかもよくわからない。ただ、急速にまぶたが重くなっていくのを感じた。

……またか。なんか最近、意識を失って……ばっかり……だ……。

第六章　レッド・ホット・ストレイン

目覚めると、すでに夜だった。千紗とありすは、ずっと眠っている僕の側《そば》にいてくれたらしい。その間、この二人がどんな話をしていたのかは定かじゃないけど。

僕が眠っているうちに、ありすの話を元に山荘だか別荘だかの正確な場所も割り出していたのだという。しかも僕の脳に入力ずみだというのだから、何ていうか、人が寝てる間に何をしてるんだ、と文句の一つも言いたくなる。言わないけど。

とにかく、準備は万端なんだそうだ。ならば、と痛み止めを打ってもらい、千紗とありすを……いや、ラプンツェルとリトル・レッドフードの二人を背中に乗せて、僕は夜空へと飛び立ったのだった。

「調子はどう？　痛くない……？」

背中から訊《き》いてきたのはリトル・レッドフードだった。……しかし、この呼び方も、正体を知ってしまうとかなり違和感があるなあ。

「大丈夫だ。午前中より痛みは引いている」

「……ごめん。その傷も、鱗《うろこ》が焦げたりしてんのも、全部あたしが持ち込んだ爆弾のせいなんだよね」

「違うな。爆弾に細工をした、アンシーリーコートのボスのせいだ。だから叩《たた》きのめす」

「……うん」

「ラプンツェル。そろそろ、一〇分圏内に入る。認識偏向時計を」

「あ、はい」

アンシーリーコート側は、僕らが手を組んだことを知らない。つまり、僕らが今夜、襲撃を仕掛けてくるなんて想定外なはずだ。だとすれば、気取られずに近づいて一気に強襲し、頭を押さえるのが上策だろう。

そのためには、認識偏向時計も出し惜しみするよりここで使った方がいい。飛ぶ姿を見られて変に勘ぐられれば、せっかくの奇襲も水の泡になる。

さらに飛ぶこと一〇分。目標の地点には窓明かりも見える。人がいる証拠だ。窓の数から見ても、相当大きなお屋敷のようだ。

「認識偏向時計、もう切れますけど……」

「使い切ってしまって構わないだろう。……ところでレッドフード、どこがボスの部屋かとか、わかるか？」

「……ごめん。全部の部屋を知ってるわけじゃないから、さすがに外からじゃわかんない」

「なるほど。だったらいっそ、正面から突っ込むか」

言いながら、洋館の真ん前に降り立った。

「あの、リンドヴルム。認識偏向時計、時間切れです」

「了解だ」

二人を背から降ろした後、二足で立ち上がって、

「では、ノックといこう」

回し蹴《げ》りに近い動作で、大きい上に豪奢《ごうしゃ》な木製のドアに思いっきり尻尾《しっぽ》を叩《たた》きつけた。

一撃でドアが弾《はじ》け飛ぶ。はは、ドクターの言った通りだ。破壊力ありすぎ。

ドアの向こうには広いエントランス。床が大理石だったり、きらびやかなシャンデリアがあったりで、ドア同様中身にもかなりお金がかかっていそうだった。

「案内は任せてッ！　こっち！」

リトル・レッドフードが駆け出した。

「ちょ、待て！　迂闊《うかつ》すぎる！」

焦る気持ちはわかるが……。

追いかけようとして出遅れたのは、純粋に怪我《けが》のせいだった。痛み止めを打っているとはいえ、痛みがすべて消えているわけではない。このリンドヴルムの体では走ろうと思えば条件反射的に四つ足になってしまうわけで、それで前肢をついてその衝撃に痛みを感じ、動くのが遅れたのだ。

リトル・レッドフードが駆け抜けようとした大きな柱の間、その柱の陰から突然人影が飛び出してきた。スーツ姿の女性だ。

その女性がリトル・レッドフードに触れたと思った瞬間、リトル・レッドフードの体は床に叩きつけられ、這《は》いつくばる結果になっていた。

「ぐえ」

と、およそ女の子らしくない音がリトル・レッドフードの口から漏れる。

しかも上に乗った女性によって左手をねじ上げられ、後頭部には拳銃《けんじゅう》を突きつけられている始末。柔道だか合気道だかは知らないが、まさに一瞬の早業だった。

一連の動作で乱れ、目にかかったショートボブの髪を、その女性は一度大きく頭を振って跳ね上げた。あらわになった元来細い目は、浮かべられた嗜虐的《しぎゃくてき》な笑みのせいでことさらに細くなっている。

舌打ち。組み伏せられたリトル・レッドフードまでの距離、およそ一〇メートル。僕の身体能力もラプンツェルの髪も、この距離ではトリガーを引くより速く届くということはありえない。

「ようこそ」

鷹揚《おうよう》に言いながら、奥からスーツ姿の男が現れた。その距離は十数メートルほど。その男は、かなり大振りの銃を両手で構えていた。猟銃にも見えるが、かなりゴツゴツした印象で、あまり他《ほか》では見た覚えがない形状をしていた。

「なめられたものだ。そんな小娘に強力な道具を貸し与えるにあたって、何の対抗策も講じないとでも思ったのかね？　まあ、アンシーリーコートの技術では、認識偏向フィールドの存在を漠然と感知する程度が精一杯だがね」

「……阿久津《あくつ》……竜一郎《りゅういちろう》」

思わず、ぎり、と歯噛《はが》みしていた。

「そんな……よりによって……」

僕のとなりで、ラプンツェルも愕然《がくぜん》としたように呟《つぶや》いた。

「もう怪我《けが》はいいのかね？　それにしても、金輪際平和的な交渉を持てないかと思うと非常に残念だよ、ミスター・リンドヴルム」

「ちっくしょう！　放せっ！」

リトル・レッドフードが喚《わめ》く。

「やれやれ。飼い主の手を噛《か》むような駄犬は、やはりよく吠《ほ》える。だがまあ、デーモンテイルの二人を連れてきてくれたのは面白い偶然だった。あとはせめて、人質として役に立ってみせたまえ」

「何が飼い犬だッ！　爆弾の解除コードをこっそりいじって、あたしたちを始末しようとしたクセにッ！」

「ふん、拾ってやった恩も忘れて飼い主を嗅《か》ぎ回るような不躾《ぶしつけ》な犬は、処分されても仕方ないだろう」

……なるほど。コードを変更したことで、時限装置が解除されることはない、とこの男は知っていたのだ。それはつまり、爆発する時間を知っていたということ。だから、計ったように爆発直後のタイミングで到着することが可能だったわけだ。

しかも、邪魔者の始末に多くの高校生や近隣の住人を巻き込むことも辞さないとは。防衛大臣が聞いて呆《あき》れる。

「……持たせた認識偏向時計ごと始末する気だったとは、ずいぶん気前のいいことだな」

「すでに解析は九分九厘終わっているのだよ。確かにコスト面では惜しいが、作り出せる以上は優先すべきことは他《ほか》にある。取り上げられるまでは安全だ、と思い込んでいるうちに馬鹿《ばか》な犬どもを処分した方が利口というものだろう？　こちらの正体を嗅《か》ぎつけられてからでは処理も面倒なのでな」

「何が処分だ！　何が処理だ！　この人でなしッ！」

「黙れ」

阿久津《あくつ》の言葉に、秘書がリトル・レッドフードの手をさらに強くねじり上げたらしい。

「あでででッ！　ちょ、ギブギブギブ！」

目深なフード越しでもハッキリとわかるくらい、リトル・レッドフードの目には大きな涙が浮かんでいた。くそ、助けに動けないのが歯がゆくて仕方ない。

「さて、今は馬鹿な犬より、君たちの方が重要だ。だろう？　ミスター・リンドヴルム！」

言うなり、阿久津は手にしていた銃を僕に向けて、撃った。

イヤな予感。

通常の銃弾が効かないと知って、この余裕。何かある、と肌で感じ取って、真横に、となりにいるラプンツェルとは逆の方向に跳んだ。

尾をかすめた銃弾が、数枚の鱗《うろこ》を剥《は》ぎ取っていった。血が飛び散り、痛みが走る。

くっ、やはりか！　この銃弾は、僕の鱗を貫通する！

「ふむ、信じがたい反応だ。しかし、さすがにアンシーリーコート特製の徹甲弾なら、その鱗は貫けるようだな」

穏やかな表情を崩すことなく、阿久津は言う。

「それに、こうすれば君は自ら弾に当たりに来る」

銃口がゆっくりとラプンツェルに向けられた。

くそっ。面白くはないが、実際、僕は反射的にラプンツェルの前へ、銃口の前へと駆けていた。二足で立ち上がって、ラプンツェルを背中に隠す。

「ははは、たいした忠義ぶりだな。正直、正気を疑うよ。人体改造を受けてまで崩壊した組織に肩入れして何になる？　いったい、デーモンテイルの先代総帥にどんな恩義があったのだね？」

「よく言う。崩壊させたのはお前ではないのか」

「……え？」

僕の後ろで、ラプンツェルが驚きの声を上げた。

阿久津は口元を歪《ゆが》め、笑みを浮かべる。

「では訊《き》くが、そのドラゴンの体になるために、いったいどれだけの費用がかかっているのだね？　断言してもいいが、この徹甲弾と専用の銃の開発費用は君の体の一〇〇分の一以下だろう。そして、今君はこの銃に手も足も出ていない。わかるかね？　これが効率というものだ。そんな簡単な計算もできない人間に、組織の頂点に立つ資格はない」

「だから先代の総帥夫婦を暗殺したのか」

「いかにも」

「……！　な、何てことを……！」

背後で、ラプンツェルが息を呑《の》むのがわかった。迂闊《うかつ》に動かないよう、激昂《げっこう》しかけた気配を手で制する。

「ははは、ではあの愚か者の娘にもわかりやすいように教えてやろう！　緻密《ちみつ》にして壮大な、私の世界征服計画をな！」

「いや、結構」

間髪入れず、僕は言った。

「何だと？」

「聞かせてくれなくて結構だ。下らない世界征服の計画やら作戦やらの話なら、後ろのお姫様から耳にタコができるほど聞かされている。正直、もう食傷気味だ」

「な……。リンドヴルム……それは、あんまりです……」

「待て。そんな小娘の戯言《たわごと》と一緒にするとは、失礼にもほどがあるだろう！」

珍しく阿久津《あくつ》は穏和な表情を崩し、眉間《みけん》にしわを寄せて言った。

「ああ、かもしれんな。ラプンツェルの計画には、その一つ一つが世界征服とはまったく結びつかないという独創性があった。その一点だけでも、ラプンツェルの計画は凡百のそれとは一線を画している。一緒にしてはラプンツェルに失礼だな」

「貴様……ッ」

目の前の馬鹿《ばか》は眉間のしわどころか、顔を赤くして額《ひたい》に青筋を立てている。

「だが、忘れてもらっては困るな。こちらには人質がいるのだぞ？」

「……はあ？」

おいおい、自分の計画を聞かせたいがために人質を盾に取るのか……？

「あははははははははははッ！」

けたたましく、リトル・レッドフードが笑った。

「馬ッ鹿じゃないの！　少しは考えろっつーの。あたしとこいつらとは、利害が一致したから手を組んだだけッ！　ここに案内した時点で、あたしの役割は終わってんの！　そのあたしが人質になんて、なるわけないじゃん！」

「……いや、命を張るような局面じゃないだろう。話を聞いてやるくらいなら多少不愉快な気分になる程度ですむんだし」

その覚悟というか心意気はちょっと感動的だが。

阿久津は、不機嫌丸出しでこめかみのあたりを引きつらせている。

「さっきから聞いていれば、勝手なことばかり……。ならば、貴様はどれほど優れた世界征服のプランを持っているというのだッ」

「そんなもの、あるはずがないだろう。それ以前に、俺様《おれさま》は世界征服になど微塵《みじん》も興味がないのでな」

「な……何だと？」

僕の言葉に、阿久津《あくつ》は相当驚いたらしい。理解に苦しむなあ。

「では、なぜデーモンテイルになど所属しているのだッ!? デーモンテイルは今も昔も、世界征服を目的とした組織なはずッ！」

「そもそも、デーモンテイルの由来や歴史など知ったことではない。何しろ、そういうことはすべて置き去りにして加入を余儀なくされたのでな」

「……えっと、…………」

背後で何かを言いたげな気まずそうな気配。まあ、あえて気にしないことにする。

「なぜデーモンテイルになど所属しているか、か。言われてみれば、明確な理由などありはしないな。強いて言うなら、何となく、だ」

下心やスケベ心がないとは言いきれないが、ここは少し格好をつけさせてもらおう。

「何だと……？」

「仲間や友人を思いやることに理由など必要ないだろう」

阿久津が信じられないという顔をした。

ま、理解してもらおうとも思わない。

「だから、必ず助けてやるぞ、レッドフード」

「リンドヴルム……」

組み伏せられたまま、リトル・レッドフードは感極まったように震える声で呟《つぶや》いた。

しかし、だ。

そう大見得は切ってみたものの、阿久津の銃口がこちらを向いている以上はラプンツェルを放置してリトル・レッドフードを……ありすを助けに行くことはできない。やるならば同時進行で、阿久津の銃の無効化とありすの救出を行う必要がある。

……できるか？

セオリーからすれば、本当に人質を殺すという選択は愚かとしか言いようがない。本当に殺してしまえば相手に対する抑止力を失うだけでなく、大きな憎しみをも買うことになるからだ。人質はその価値が大きければ大きいほど、害した後の報復は苛烈《かれつ》になる。

あの秘書がそれを理解しているなら、上手《うま》く隙《すき》を作ることができれば、あるいは……。

かなり危険な賭《か》けだ。が、ボーッと待っていても事態は好転しない。

「ラプンツェル」

僕は阿久津たちには聞こえないように、背後に囁《ささや》きかけた。

「俺様《おれさま》が隙を作る。お前は髪の毛でレッドフードを」

はい、という小さいけれど強い意志のこもった返事。はは、頼もしいね。

一歩、前に踏み出した。いつでも飛び出せるよう、四つ足になって少し身を屈《かが》める。少しずつ、空気を集めるように、息を吸い込み始めた。

「う、動くなと言っている！　人質がいることを忘れるなっ！」

「あたしに構うなッ、リンドヴルム！　あたしはへっちゃらだぞ！　どうせ覚悟はできてるんだッ！」

「構うなだと？　……断る！　助けてやると言ったはずだッ！」

阿久津《あくつ》を睨《にら》みつけたまま、ありすに向かってそう叫んだ。そして、阿久津めがけて全力で床を蹴《け》った。

阿久津が銃を構え直した。

「お……おのれ。我が計画を披露できないとはな！」

まだ言うか。

トリガーにかかった阿久津の指に力がこもる。その瞬間、僕は溜《た》め込んだ息に炎を乗せて、一気に吐き出した。もちろん、阿久津に向かってだ。

その炎は、吐いた僕自身が驚くほどの勢いで、ごうっと音を立てながら阿久津へと向かって伸びていった。

広いエントランス中を、炎の赤い光が一瞬で染め上げる。僕ら自身から、柱から、炎に照らされて伸びた影が一面を赤と黒の二色に塗りつぶした。

「な……ッ」

阿久津はもちろん、秘書の意表だって突けたはずだ。

少なくとも、人間も含めて、炎を恐れない動物はいない。一瞬でも炎を浴びれば、平然としてはいられない。

炎が阿久津の体を呑《の》み込んだ。

が、炎はすぐに掻《か》き消え、つまり阿久津の体を焼くことはなかった。さすがに走りながらでは、そう長く息は続かない。せいぜい、髪の毛を少し焦がした程度だった。

それでも、阿久津の手元は大きく狂った。銃声とともに放たれた弾丸が、僕の右頬《みぎほお》をかすめていく。

が、ほぼ同時に、もう一発の銃声が聞こえた。

この銃声は、まさか……。

くっ……ありすっ！　無事でいてくれ！　頼む……頼むッ、千紗《ちさ》ぁッ！

祈りながらも、足は止めなかった。千紗は……ラプンツェルは上手《うま》くやったに違いない。いや、上手くやったはずだ。そうに決まっている！　そう信じればこそ、僕だって僕のやるべきことをおろそかにはできない！

僕は爪《つめ》で床を削りながら四本の足をすべて駆使して肉食獣のように駆け、阿久津に爪が届く間合いまで踏み込んだ。

阿久津の顔が恐怖に歪《ゆが》む。

僕は右の前肢を大きく振りかぶって、阿久津の持つ銃の銃身に力一杯叩《たた》きつけた。

爪と銃身の激突に、金属同士がぶつかり合うような、剣戟《けんげき》のような音が響く。直後、阿久津の手から離れた銃が床に激突して、大理石が砕ける音が続いた。

大きく爪の跡が刻みつけられた銃身は『く』の字型に曲がって、砕けた床に突き刺さってしまっていた。

「ぐあっ」

阿久津《あくつ》が右手を押さえてうずくまる。

が、僕は阿久津など一顧《いっこ》だにせずに、瞬間的にありすの方を振り返っていた。

「レッドフードっ！」

ありすの周囲では、ピンク色の髪が激しくうねりながら乱舞していた。秘書は絡め取られているが、二発目の銃声は……。

目を固くつぶってその瞬間を待っていたリトル・レッドフードだった……が、しかし、その頭に風穴が空いた様子はなかった。よく見れば、ラプンツェルの髪に絡め取られた秘書の右手からは血が滴り、その手にあったはずの銃は少し離れた床の上に転がっていた。

「見ただろッ！　なあ、見たよなッ！　俺《おれ》ってすげえ、銃だけ弾《はじ》き飛ばすなんて、まるで映画だぜッ！」

「銃ではなく、弾が命中したのは手だったがな」

エントランスの奥の扉が開け放たれていた。そのドアの側《そば》で、銃を手に自慢げに言い立てていたのは、目出し帽に赤い野球帽を被《かぶ》った男だった。

帽子の数字は三。

命中箇所を補足したのは一〇。

というか、その周辺には一から一〇までの全員が揃《そろ》っていた。

唖然《あぜん》。そして、安心に大きく溜《た》め息《いき》をついて、天を仰いだ。とにかく、ありすが……リトル・レッドフードが無事でよかった。やれやれ。一気に体の力が抜けていく。

「アンタたち……」

上半身を起こしたリトル・レッドフードが、驚愕《きょうがく》に目を見開いて言った。

「なんでここが……ってか、捕まってたはずじゃ……」

「なめてもらっちゃ困りますぜ、隊長」

「ニュース見てないんで？　なりふり構わなくなれば、俺たちが力を合わせりゃ留置場くらい襲ったって、逃げ切る程度はお茶の子さいさいってヤツで」

「脱獄ってのもスリリングでオツなものですよ、隊長」

「隊長、フードの裏を。右側の襟の……そうそう、そのあたりで」

言われるままに、リトル・レッドフードはケープの下、襟のあたりを探って、何かを見つけたらしい。

「これって……」

「盗聴器で。六号特製の」

「へへっ、おいらの最高傑作さ。そのサイズでバッテリーまで内蔵した上に、市内のあちこちにこっそり設置したアンテナのおかげで受信範囲も反則気味」

「それを、俺の元スリの手腕で別れ際にこっそり取りつけまして」

「だいたい、隊長の考えることなんてお見通しってもんでさあ」

相変わらずノートパソコンをいじりながら、一号が、

「ちなみに、ここでの会話も拾ってますぜ。しかも、全部ネットで生放送配信中！　いやあ、ボス、悪党丸出しの本性が日本中にバレちまいましたなあ！」

「それだけではありませんよ。阿久津《あくつ》大臣の裏帳簿や、ちょっと表沙汰《おもてざた》にできない電話の録音テープ等々、ボスのことを探ってる間に確保しておいた証拠全般は、残らずコピーして思いつく限りのメディア各社と警察に送りつけました。もちろん、ここの場所も。ははッ、ボスは偉そうに素性が我々にバレる前に始末とか言っておられましたが、甘かったようですな」

「そういや、ここで何を研究してたんでしたっけ？　思わずクセで、ここのコンピュータに新作のウイルスを叩《たた》き込んじまったんですけどね！　データが無事だといいですなあ、げひゃひゃひゃひゃひゃ！」

「安心する、隊長。研究員、全員縛ってあるだけ。レッドキャップ隊、人、殺さない」

「あ、このアジトに保管してあった隊長の履歴書や俺《おれ》たちの身上書も全部回収ずみっす」

「申し訳ありませんね、ボス。なにぶん、不躾《ぶしつけ》な犬ばかりなもので」

一〇号が、たっぷりの皮肉を込めて、茫然《ぼうぜん》自失の阿久津に言った。

「許せねえよなあ。俺たちの可愛《かわい》い隊長を散々痛めつけてくれちゃって」

「まったくだ。あのおみ足に傷でもついた日には」

「いやいや、隊長の魅力は貧乳にあるとなぜ気づかん？」

絶句していたリトル・レッドフードはゆっくりと立ち上がり、自分に取りつけられていた盗聴器を床に叩きつけた。それを踏みつけて破壊した後に彼らに歩み寄って、そして六号の胸ぐらを掴《つか》む。いや、六号の方がずっと背が高いので、あまり様になってはいないが。

「……うっさい黙れ死んじゃえッ！　ってか、お前ら全部聞いてたのかッ！　あ、あっ、あたしのプライバシーはッ」

「いえいえ隊長、さすがに特製盗聴器だって万能じゃありませんぜ」

「そうです、聞けたのはせいぜいデーモンテイルの二人と合流したあたりだけで」

「離れろっ、あんたにはリンドヴルムがいるでしょお、とかその程度で」

「いやあ、青春ですなあ」

リトル・レッドフードは囃《はや》し立てるレッドキャップ隊の面々に無言で蹴《け》りを入れ始めた。

ううむ、なんて美味《おい》しい連中だろう。

遠くでパトカーのサイレンが聞こえ始めた。

その音で我に返ったのか、阿久津が左手で懐から何かを取り出した。金色の大きな懐中時計。三つの認識偏向時計の、最後の一つだ。

阿久津が竜頭を押す。しかし、阿久津の姿が見えなくなることはなかった。

僕は何も言わず、右手で阿久津の襟首を掴んで吊《つる》し上げる。

「なッ？　なぜ、私の姿が見える……っ」

完全に地面から離れた足をバタバタさせて、阿久津が呻《うめ》いた。

「……逃がしません」

その言葉に振り返ると、ラプンツェルの手にはやはり懐中時計が握られていた。急ピッチの改修のせいか、銃弾によって破損した部分のみならず、あちこち機械が剥《む》き出しのままだった。僕がドクターに頼んでいた品だろう。

認識偏向フィールド・キャンセラー。その名の通り、認識偏向フィールドを中和し無効化する装置ということか。さすがです、ドクター。

「貴方《あなた》の言葉をそのままお返しします。対抗策を用意しているのがご自分だけだとは思わないで下さい。まして、元々それは、わたくしたちデーモンテイルのものですから」

……まるで自分が発案したような口振りだよ。まあ、別にいいけど。

まだ動かすと痛む左手で、阿久津《あくつ》の認識偏向時計を取り上げた。そして力を込めすぎないよう注意しつつ、竜頭を押して機能を止める。

「……さて」

僕が静かに言うと、阿久津は「ひい」と露骨に怯《おび》えた顔をしてまた足をバタつかせた。

「ま、待て、待ってくれ。そうだ、手を組もう。わ、私はデーモンテイルの軍門に降《くだ》る。なあ、私の人脈やキャリアは世界征服に役立つはずだ。そ、そうだろう?」

「おい、血統のいい犬でも、こうなるとなりふり構わなくなるらしいな」

ノートパソコンを閉じながら、一号が言った。盗聴器が壊れてしまえば、拾った会話の生中継も終わったということなのだろう。

「血統がいいようには見えねえけどなあ」

と、銃を弄《もてあそ》びながら、三号。

「というか、我々の話を聞いていなかったとみえる。失脚が決まった政治屋に人脈など、もはや残ってはいませんよ」

一〇号も冷淡に言い放った。

「つくづく、見下げ果てたヤツだ」

僕も、阿久津に白い目を向けて言った。虫酸《むしず》が走る。反吐《へど》が出る。汚らわしい、とさえ思う。こんな……こんなヤツが……ッ！

「よお、リンドヴルム。どうせだったら、さっきみたいに炎を吐いてこんがり焼いてやったらどうだ？　あの爆弾のとき、あんたも上空で相当熱い思いをしたんだろ？　そんな生焼け程度じゃ全然足りねえんじゃねえか？」

と八号。

「そりゃいいや。尻《しり》に火が点《つ》いていることに気づいてない馬鹿《ばか》犬も、さすがに自覚するだろうぜ」

三号がそう相槌《あいづち》を打ち、何人かの笑い声が続いた。

「なるほど。悪くない案だ」

「だ、ダメです、リンドヴルム。殺してはいけません……ッ！」

ラプンツェルが叫んだ。

「しかし、こいつはお前の両親を殺した男だ」

「でも……でも、ダメです！　どんな人であっても、その人は……」

振り返ると、ラプンツェルはいつになく真剣な目をしていた。怒っているわけでもなく、睨《にら》んでいるわけでもない。しかし、僕はその目にたじろいでしまった。

「そうか。……わかった、お前がそう言うのならば」

そう答えて僕は、ボウリングの球を放《ほう》るような格好で、阿久津《あくつ》の体を外へと投げ飛ばした。阿久津は僕が叩《たた》き壊したせいでドアを失った入口から、夜の闇《やみ》へと転がっていく。ついでに秘書も、ラプンツェルの髪の毛から受け取って同様に投げ捨てた。

サイレンの音は、もうすぐそこまで迫っていた。

「……兄貴。警察が」

不安そうに、三号が一〇号を見やった。一〇号は、その視線を受け流して薄く笑う。

「リンドヴルム。我々の隊長を頼む」

そして、言った。

「ここまで三人で来られたのなら、三人で帰ることもできるだろう」

「な、ちょ……！」

当の隊長が、あからさまな不満を顔に出した。

「お前たちは？」

僕の問いに一〇号は、

「捕まる……だろうな」

と静かに言った。

「我々は元々犯罪者だ。もう行き場所もないし、取るべき責任がある。だが、隊長は違う。隊長には未来がある。居場所も。薄汚い我々とは、そもそも住む世界が違うのだ」

レッドキャップ隊の面々は、それぞれ複雑そうな顔をした。

目出し帽でもわかる。不安や恐怖が入り交じっているようには見えたが、そんなものよりは寂《さび》しさの方が色濃く出ているように思えた。

どうやら、全員が捕まることに対する覚悟はできているらしい。しかし、何人かは、別れに関しては完全には吹っ切れていないのだろう。

「ここで、けじめはつけた。報復もした。何より、隊長を救えた。それで充分だ」

そう語った一〇号を、しかし、リトル・レッドフードは蹴《け》りつけた。助走をつけてのドロップキックだった。一〇号がもろに喰《く》らって尻《しり》もちをつく。その一〇号の前に仁王立ちして、リトル・レッドフードは全身で怒りを体現していた。

「カッコつけんなッ！　あたしは隊長だぞッ！　隊長ってのは、何かあったときに一等責任を取るから隊長なの！　お前たちにだけ責任を押しつけるなんてできるかッ！」

そして僕を振り返る。

「というわけで、アンタたちだけで帰って。あたしもこいつらと一緒に責任を取る！」

「隊長……」

何人かは感極まっているが、さて、どうするか。一度言い出したら聞かないしなあ。

「……あの」

ラプンツェルが僕のとなりまで歩み寄ってきて、リトル・レッドフードも含めたレッドキャップ隊の面々に声をかけた。

「行き場所がないと仰《おつしや》るなら、皆さんでデーモンテイルにいらっしゃいませんか？」

「はあ？　ってか、なに水差してんの」

馬鹿《ばか》かこいつは、と言いたげなリトル・レッドフードの顔。レッドキャップたちも困惑気味に顔を見合わせている。

「えっと、その、いわゆるヘッドハンティングです。お給料の他《ほか》に、三食と隠れ家つきという待遇でいかがでしょう？　隊長さんには、学費の援助もつけちゃいます」

ラプンツェルは僕の左手の認識偏向時計に触れて僕を見上げた。

目が合うと、ラプンツェルが小さくうなずく。その意図を酌《く》んで、僕は左手の力を緩めて時計をラプンツェルに委《ゆだ》ねた。僕の手から認識偏向時計を持っていったラプンツェルは、それをリトル・レッドフードに向かって放《ほう》る。

「えっと、その時計があれば、皆さんなら逃げ切れますよね？」

その時計をキャッチしつつもリトル・レッドフードは、

「……むかつくんだよね。そういう、押しつけがましい同情とかさあ」

と露骨にイヤそうな顔をした。

しかし。

「いやいや、隊長、お言葉に甘えましょうぜ」

言い出したのは三号だった。

「俺《おれ》、正直捕まるのイヤだぜ。せっかくまた全員が揃《そろ》ったんだし……」

「俺も俺も。もっとこのメンバーで馬鹿やってたいよ」

「隊長。俺も、さよなら、イヤだ」

二号も五号も、三号に同意した。その意見は他のメンバーにもどんどん広がっていく。

リトル・レッドフードは対照的にどんどん不機嫌な顔になっていくが。

「なあ、レッドフード。とにかく、一度落ち着いて話し合ってみたらどうだ。そのためにも、その時計を使ってこの場は逃れるべきではないか?」

見かねて、僕は言った。

「自首ならいつでもできる。個人的には、その前に一度この面々で祝杯の一つもあげたいと思うのだが」

リトル・レッドフードはわざわざ聞こえるように舌打ちをして、

「言っておくけど、あたし、アンタのことは大ッ嫌いよ」

と、ラプンツェルを睨《にら》みつけた。

「それでも、雇うとかヘッドハンティングするとかぬかすわけ?」

「え? ええ。ビジネスなら、好き嫌いなんて関係ありません。それに、自分を嫌っている人を、わたくしも嫌いにならなければいけない、なんて決まりはありませんし」

「はあ？」

「わたくしは好きですよ、貴女《あなた》のこと。わたくしたちのクラスから貴女がいなくなったら、とても寂《さび》しいです」

「……アンタに好かれたって、嬉《うれ》しくもなんともないっつーの。むしろ迷惑」

「でも、貴女がいなくなれば、リンドヴルムも……竜太《りゅうた》さんも悲しみます」

「う……」

リトル・レッドフードが言葉につまった。その後ろで、レッドキャップたちがなぜかニヤニヤと笑っている。

「仮に……仮に雇われたって、雇い主だからって、遠慮なんかしないぞッ!?」

「はい？　それは、もちろんです。むしろ、そうして頂かないと困ります」

にっこりとラプンツェルが微笑《ほほえ》む。……遠慮って何の話だ？　しかしまあ、これは決まったか。

「……絶対後悔させてやるっ。盗賊団レッドキャップ隊隊長の名に賭《か》けて、狙《ねら》った獲物はどんな手を使ってでも手に入れてみせるからなっ！」

「この二人と出くわすようになって以降、失敗続きだったはずですが」

と一〇号が苦笑混じりに呟《つぶや》いた。

「うっ、うっさい！　とにかく、覚悟しておけッ！」

「はい。でも、……わたくしだって、負けませんから」

……？　まあ、何だかよくわからないけど、丸く収まったみたいなので何よりだ。

リトル・レッドフードは一度目を伏せて、踵《きびす》を返した。

「撤退するっ！」

「では、デーモンテイルの基地で落ち合いましょう。あの、場所はわかりますよね？」

ふん、とリトル・レッドフードは少しバツが悪そうに鼻を鳴らして、

「ほら、何してんのッ！　包囲網が完成する前にサクサク逃げるよ！　さっさと動く！」

レッドキャップ隊の一同は口々に返事をしながら、僕たちに手を振った。

「気をつけてな。武運を祈る」

そう言った僕の側《そば》で、ラプンツェルも手を振り返している。

リトル・レッドフードも含めたレッドキャップ隊は、次々と奥の扉の向こうへと姿を消していった。

「さあ、リンドヴルム、わたくしたちも行きましょう」

「……そうだな。我々は正面から出て、少し注目を引きつけてやろう」

「え……？」

嫌いなカメラの存在を予感したのか、ラプンツェルが身を強《こわ》ばらせた。

騒がしくなり始めた外の雰囲気が、もうここにも聞こえてきている。今は転がした阿久《あく》津《つ》とその秘書が注目を集めているのだろうが、いずれ中にも警察や報道陣が入り込んでく

ることだろう。

「大丈夫、受け答えは任せておけ。ラプンツェルはいつものように翼の陰にでも隠れていればいい」

「……はい」

ヘッドライトや報道の照明が交錯する前庭へと出た。ラプンツェルは本当に僕に寄り添って翼の陰からおっかなびっくり様子を窺《うかが》っている。

僕らが姿を見せるなり、取材陣が殺到してきた。

あちこちから何本ものマイクが向けられる。カメラもテレビのもののみならず、フラッシュまでがそこかしこで焚《た》かれている。

ははは、これはラプンツェルじゃなくても怖いと思ってしまうな。

「リンドヴルムさん、お怪我《けが》の具合はもうよろしいのでしょうか？」

「そんなにすぐに治るものか」

「阿久津《あくつ》防衛大臣の口から、あなた方が秘密結社の改造人間であると語られていますが、それは真実ですか？」

どうやら一号が言っていた、盗聴器で拾った会話をネットで流していた、というのは本当だったらしい。ふむ、迂闊《うかつ》に本名などを呼び合わずにいたのは大正解だ。

「我々は最初からそう名乗っていたと思うが」

「では、宇宙人ではない？」

「一度もそんなことを言った覚えはない」

「ラプンツェルさんのご両親が阿久津大臣によって暗殺されたとの話でしたが?」

「証拠はないが、本人が認めたのだからそうなのだろう」

「お二人はレッドキャップ隊のリトル・レッドフードと一緒におられたわけですが、いったいどういう経緯で手を組むことになったのでしょうか?」

「高校での爆破事件以降に会う機会があって、利害が一致した。それだけだ」

「会う機会とは?」

「ただの偶然だ。それ以上語る気はない」

「では、今、レッドキャップ隊の皆さんはどちらに?」

「さてな。ただ、今後どうするかについて話し合っているようだ。少なくとも、自分たちに悪事を強要していたボスがいなくなったわけだからな」

やがて、質問がラプンツェルにも及び始めた。親の仇《かたき》を討ったわけだがどう思うかとか、デーモンテイルの組織についてとか、僕との関係についてとか。

ラプンツェルはどの質問にも答えられず、怯《おび》えた表情で僕にしがみついている。

「……悪いが、傷が痛み始めた。失礼させて頂く」

「最後に一つだけ!　あなた方は悪の秘密結社だそうですが、どうして人助けばかりしているのです?」

少し考えて、翼の中のラプンツェルを見やって、

「悪事を働くには優しすぎるのだ。我がデーモンテイルのお姫様は、な」

そして、翼を開く。

「さあ、退《ど》いてもらおう。危ないぞ。もう、行かせてもらう」

ラプンツェルを背に乗せ、飛び立った。せめてもう少し注目を引きつけようと、彼らの頭の上で数度旋回してから、基地を目指す。

数分飛んだあたりで、

「でも、あの、よかったです」

とラプンツェルが言い出した。

「リンドヴルムが大臣を殺さずにすんで」

「……親の仇《かたき》だろうに」

「でも、ダメです。ご自分のお父様をその手にかけるなんて、絶対に間違っています」

お父様、だって？

「は？　……あ！　あのときか！　違う違う、僕の父親は野党の鯨岡《くじらおか》議員だよ！」

思わず素の口調に戻ってしまったけど。

「え？　ええっ？　だって、お偉い政治家のセンセイって」

「野党議員だって政治家じゃないか」

「あう……。でもでも、あのとき学校に来るとも」

「来たんじゃないかな。ああいう状況だったし、あれだけ人がいれば、仮にいたってわからないだろうけど」

「……。わたくし、竜太《りゅうた》さんの竜の字って、お父様から頂いたものだとばっかり」

「別に日本人男子の名前で竜の字なんて珍しくないでしょ。この名前は、父が大のドラゴンズファンだったからつけられたんだよ」

とにかく、口調を修正しよう。こほん、と咳払《せきばら》いを一つして、

「まあ、何にせよ、それはラプンツェルの勘違いだ」

「……あうう。……で、でも、だったら、なおのことよかったです。竜太さんのお父様が悪い人じゃなかったんですから」

「別に、犯罪者ではないだけだ。政治家など、ろくな人間ではない」

「そんなことを言ってはダメです。実のお父様なんですから」

「……」

「今回だって、竜太さんのことを心配していらしたんでしょう？　あの、意地を張ってもいいことなんかないと思うんです」

まあ一般論というか、聞き飽きたお題目だ。でも、困ったことに彼女に言われると少しばかり重みが違う。

少し答えにつまって、

「今はリンドヴルムだ」

と、僕はあえてはぐらかすような返事をした。

「しかし、その勘違いで制止したのなら、ヤツに容赦する必要はなかったな」

「いえ、そんなことはありません。あの人が死んだとしても、お父様もお母様も還ってはきませんし、それに、そのために、リンドヴルムが……竜太《りゅうた》さんが人殺しになってしまうなんて、やっぱりイヤです……」

「む……？」

あー。まあ、それはそうか。僕だって同じことを考えたじゃないか。やっぱり、親しい人が悪いことをするなんて気持ちのいいことではないのだ。

「……そうだな。ラプンツェルのおかげで、俺様《おれさま》は人殺しにならずにすんだ。礼を言う」

「あ……はい！」

嬉《うれ》しそうなその返事に僕も微笑《ほほえ》んで、夜空を飛ぶスピードを上げた。

構成員が人殺しになるのを厭《いと》う悪の秘密結社、か。

何て型破りな悪の総帥だろうか。実際、僕に乗った総帥閣下は、阿久津《あくつ》などとは比較にならない大物なのかもしれない。

あはは、まったく。

何だかおかしくなってしまって、僕は声を出して笑い始めていた。

エピローグ

その夜、基地で念のためにドクターのチェックを受けてから、僕は帰途についた。

その道すがら、かなり長々と躊躇《ためら》った後に携帯を取りだし、父の名前を選択してボタンを押した。

学校に来たというのなら、僕がいないことにも気がついたかもしれない。あの混乱の中、電話をしても出なかったりしたのだから、心配もしているだろう。

いかに嫌っていても、親は親だ。いつか高槻《たかつき》さんにも言われた通り、千紗《ちさ》やありすの境遇に比べれば、こうして連絡を取れるだけでも恵まれているのだ。

回線が繋《つな》がるなり、

『おい、竜太なのかッ!? 何で電話に……いや、それより無事なんだなっ？』

と訊《き》かれた。というか怒鳴られた。

「う、うん、まあね。ちょっと怪我《けが》はしたけど」

『怪我って、お前……』

「大丈夫、たいしたことはないから」

大嘘《おおうそ》だけど。まあ、方便ってヤツだ。

『そうか。ならいいのだが……。ところでなあ、会おうって話なんだが』

「ん、別にいいけど。いつ？」

『……ずいぶん素直だな』

「イヤならいいよ」

『いや、そうではなくてだな。今、阿久津《あくつ》大臣が大変なことになっているんだ。テレビを点《つ》ければどこでもそのニュースで持ちきりなはずだが』

あー。それはそうだろう。

考えるまでもなく、メガトン級の不祥事なのだ。これを武器に、野党サイドは一気に攻勢に出るつもりなのかもしれない。そうなれば、今まで先陣切って現政権の不祥事や疑惑を責め立てていたのだから、そりゃあこの人は忙しくなるだろう。

『おかげで今から東京に戻らなきゃならないんだ』

「……へえ。それはまた勝手な」

『すまん。次の機会には何でも好きなものをご馳走《ちそう》するから』

「いや、そんなのいいから、一つ頼みを聞いてほしいんだけど」

『頼み？　なんだ、買ってほしいものでもあるのかね？』

「違う違う。……ちょっと口裏を合わせてほしいんだ。昨日は母さん帰ってきてなかったらしいんだけど、こういう事態だから」

『……らしい？　竜太《りゅうた》、お前も帰ってないのか？　怪我《けが》した上に無断外泊ってお前……』

「やむを得ない事情があるんだよ。だから頼んでるんじゃない」

『やむを得ない事情？　まさか女の子と一緒だったわけじゃあるまいな』

一瞬言葉につまってしまった。一緒だったのは間違いなく事実だけど……。

そして、僕が言い訳を口にする前に、父さんは電話の向こうで大笑いした。

『図星か。いやあ、そりゃ高校生にもなればガールフレンドの一人や二人はできるわなあ。でもお前、あんまり羽目を外すんじゃないぞ？　万が一のことがあったときに傷つくのは、いつだって女の子なのだからな？』

「……待った。違うから。父さんが思ってるようなことは断じてないから！」

『本当か？　……まあ、そういうことにしておこう。しかしな、今はなくたって、これからもないとは限らんだろう。いいか、自分で責任を取れないような軽率な行動は取るんじゃないぞ。本能のままに行動するのはただのオスだ。本能を理性で制御できるのが人間だからな。オスと男は似て非なるものなのだぞ』

……なんか一方的だ。すげーむかつく。

『まあ、わかった。母さんには、ずっと父さんと一緒にいたと言っておこう。そのかわり、次に会うときにはそのガールフレンドを父さんにも紹介するようにな』

くっ、面接交渉権に関しては僕の方がアドバンテージを持っていると思っていたのに、いつの間にか完全に主導権を持っていかれている。

「……当人がイヤだって言わなければね」

渋々、そう答えた。

『よし、約束だ。もっとも、いつになるかちょっとわからんけどなあ』

会ってもいいかな、と思い始めていた自分がちょっと嫌いになる。それでもまあ、アリバイ工作ができたのだから、よしとするべきなんだろうけど。

……。

……あれ？

はて、そのときが来たら、僕は誰《だれ》を紹介するつもりなんだ？

直訳でガールフレンドを女友達と理解すれば、千紗《ちさ》もありすもガールフレンドには違いない。けど、別段どっちも彼女ってワケじゃないんだから、わざわざ紹介するっていうのもおかしな話だ。

……でも、だからといって、そんな子はいないって今さら言い張っても信じてもらえない気がする。げげ、実はものすごく面倒臭い誤解が生まれてしまったんじゃ……。

参ったなあ。まあ、とにかく、当分はその日が訪れないことを祈るとしよう。

＊

ありすやレッドキャップ隊の面々は、翌日にはさも楽勝という顔をして基地へとやってきた。依然全員が指名手配犯なのだから、あの洋館から基地まで逃亡してくる道々、色々苦労もあっただろう。それなのに、そんな様子は微塵《みじん》も感じられない。

ありすも他《ほか》の面々も、今はメンバー全員が揃《そろ》っていることが、そんな苦労をものともしないくらい嬉《うれ》しいのではないか。少なくとも、僕にはそう見えた。

そしてありす以外の面々は一様に基地に驚き、ドクターの存在に驚き、そして何より僕の正体に驚いていていた。

「ラプンツェルのお嬢ちゃんはともかく……あのリンドヴルムがこんな細っちい優男だったとはなあ……」

「着ぐるみか……？　超高性能な着ぐるみの中に入ってたのか……？」

「いやしかし、こういうのが隊長の……」

最後のを言いかけたヤツは、なぜかありすに蹴《け》られていたが。

そして、千紗の目論《もくろ》見通り、この連中はデーモンテイルの世話になるという形で落ち着いた。ドクターは将棋《しょうぎ》の相手が増えたと喜んでいたようだが、結局誰とやっても負けてばかりなのだそうだ。唯一、生粋《きっすい》の中国人だという五号だけがトントンの戦績だということだが、そもそもルールを教わったばかりだというのだから笑うに笑えない。

その後、調べが進むにつれて、阿久津《あくつ》の罪は次から次へと雪だるま式に明らかになっていった。細かな収賄《しゅうわい》や確定していない疑惑も含めれば三桁《けた》に届きそうな勢いらしい。

それどころか問題は首相の任命責任にまで飛び火して、総辞職にまで発展しそうな様相を呈しているとかいないとか。連日、父が各問題を追及する様も派手に報じられている。

野党随一の論客の面目躍如というところか。まあ、阿久津《あくつ》のことなど、もう僕らの手を離れている以上はどうでもいい話なんだけど。

で、結局、ありすの悪運は相当に強いらしくて、阿久津の口からありすの素性についてはついに語られなかったみたいだった。

少なくとも、ありすに捜査の手は伸びてきてはいないし、くる気配もない。

処分することに決めた手駒《てごま》の細かいデータになど興味がなかったのか、あるいは最初から人任せだったのかは知らないけど、まあ、その詳細を知る術《すべ》は僕らにはない。

レッドキャップ隊の一度捕まった面々は素性が割れているものの、元々犯罪者だった連中である。毛ほども気にした様子はないようだった。

そして、阿久津の悪事が出てくれば出てくるほど、世間ではリトル・レッドフードやレッドキャップ隊を擁護《ようご》するような意見も増え始めた。犯罪者である、という前提があっても、利用されていたのだという事実と、ボスである極悪人の悪事を白日の下にさらした功績があるのだから、というのがその主な理由らしい。

しかしまあ、それもどうでもいい話だ。僕らにとってもそうだし、当の本人たちも、あまり気にしてはいないようなのだから。

＊

数日が経《た》って学校も始まり、僕らの平穏な日常も戻った頃《ころ》。

あるいは、反則じみた改造人間の回復力のおかげで、僕も痛み止めなしでどうにかこうにか日常生活を営めるようになった頃。

ありすは基地で、

「奉仕活動をやる！」

と言い出した。もちろん、レッドキャップ隊の隊長としての発言だ。隊員たちからは不平や不満も出たが、

「うっさい！　悪いことをしたら奉仕活動、これ日本の常識ッ！」

と一喝《いっかつ》されれば全員が一瞬で沈黙してしまった。……まあ、実に高校生的な発想ではあると思う。

かくして、日曜日の早朝。

手始めに、近くの公園とその近辺のゴミ拾いが敢行された。

それにしても、赤ずきんの格好をした女の子と目出し帽に赤い野球帽の一団がゴミを拾う姿というのは、実に奇異で滑稽《こっけい》だった。僕と千紗《ちさ》もリンドヴルムとラプンツェルに変身して手伝ったりしているものだから、たかがゴミ拾いだというのに異様に目立つ。

特にラプンツェルは、幾条にも分けた髪の毛の先に軍手をはめて、八面六臂《はちめんろっぴ》の大活躍を見せている。本人は突っ立っているだけなのだが、それがまた妙な印象で目を引くことになっているようだった。

ある程度時間が経《た》つと、当然のように人が集まり始める。僕らがいると知って寄ってくる子どもたちがいたり、その母親たちが集まってきたり、散歩に来たお年寄りなんかも足を止めていた。

「あら、リンドヴルムちゃん、もう怪我《けが》はいいの？」

人間離れした怪力を誇るリンドヴルム状態の僕には、否応《いやおう》なく力仕事が回ってくる。今も、誰《だれ》に言われたわけでもないのに、集まったゴミを一箇所に集めるために運搬する流れになっていた。そんな力仕事をしていたからだろう、集まってきた奥様方の一人にそんなことを尋ねられる。

……というか、すっかり世間に馴染《なじ》んでちゃんづけで呼ばれるってのもどうかと思うんだけど。

「お陰様で、どうにかこうにか」

「それは何よりだわあ。実はね、あの高校にはうちの娘も通ってるのよ。もう、リンドヴルムちゃんには何てお礼を言ったらいいか」

「ホント、この街に貴方《あなた》がいてくれてよかったわ」

「ねえ。おまけにあの連中と一緒になってゴミ拾いなんて、立派だわ。しかも一番働いてるじゃない。うちの息子にも見習わせたいわよ」

「でも、無理しちゃダメよ？　まだ完治してないんでしょう？」

「そうですよ」

と、いつの間にか僕の側《そば》にやってきていたラプンツェルも言った。

「あの、辛《つら》かったらいつでも言って下さい。っていうか、子どもたちもリンドヴルムに遊んでもらいたそうじゃないですか。少し休んでいてもいいですよ」

「いや、皆が働いている中、そういうわけにもいかないだろう」

「大丈夫です。わたくしがその分も働きます。わたくしはリンドヴルムに守ってもらってばっかりですから、こういうときくらいは頑張りませんと」

　ラプンツェルはそう言いながら小さくガッツポーズをして微笑《ほほえ》んだ。それに対して僕が返事をする前に奥様方は、

「何言ってるの。あの連中にやらせておけばいいのよ。それにね、若いうちは女は甘えておけばいいの。歳《とし》を取ったらそうもいかなくなってくるんだから」

「ねえ。歳を取ったら尻《しり》に敷くしかないもの」

　とか何とか言いながらけらけら笑い出している。……いやはや。

「それより、あなたたちって世界征服するんでしょ？　早いところやっちゃってくれないかしら。きっとその方が住みやすい世の中になるわ」

「ホントよねえ。何だか政治家もお役所も悪いことばっかりやってる感じだし、旦那《だんな》の給料は上がらないのに物価は上がる一方だし、年金だって破綻《はたん》寸前だし……あなたたちがやってくれた方が優しい世界になりそうよねえ」

　意外な言葉に、僕とラプンツェルは顔を見合わせる。

と、その瞬間、飛んできた空き缶が僕の頭に命中した。

「……む」

「そこッ！　奉仕活動に来たんでしょ！　いちゃついてないで真面目《まじめ》にやれっ！」

缶が飛んできた方向を見れば、リトル・レッドフードがいた。野球のピッチャーさながらのフォームで缶を投げたらしい。

……おのれ。

「ちょっと、レッドフードさん！　リンドヴルムは怪我人《けがにん》なんですよっ」

今飛んできた缶を髪の毛で拾い上げ、かつ握り潰《つぶ》しながらラプンツェルが声を荒らげた。

「うっさい！　空き缶ぶつけられたくらいでどうこうなるほどヤワじゃないでしょ、銃弾だって弾《はじ》いちゃうんだから！」

リトル・レッドフードも拳《こぶし》を振り上げて、ラプンツェルに真っ向から言い放つ。

「でもでも、怪我人はいたわるものですっ」

「真面目にやらない方が悪いっ」

「なっ……。手伝ってもらっておいて、そんな言い方はないでしょう！」

「はあ？　何言ってんのよ。手伝うって言い出したのはアンタたちでしょ！　やるからには真面目にやってもらわなきゃ、こっちの士気にもかかわるッつーの。遊び半分で適当やられても迷惑だッ！」

「な、何て言いぐさ……！　だいたい、貴女《あなた》だってリンドヴルムには命を救ってもらって

いるんですから、もう少し感謝したらどうなんですか！」

「へへーん、残念でしたー、阿久津《あくつ》の件ではあたしを助けてくれたのはレッドキャップ隊の面々だもん」

「う、それは……。あ、でも爆弾のときだってあるじゃないですかッ！」

……やれやれ。

僕を挟んでの、どんどん次元が低くなっていく言い争いに溜《た》め息《いき》が漏れた。まあ、言い合いながらも二人はどこか楽しそうなので、あえて止めないことにしよう。

そんな僕に奥様方は意味ありげな笑みを浮かべて、

「大変ねえ、リンドヴルムちゃん」

「あら、周りに女の子が増えれば嬉《うれ》しいわよね？　賑《にぎ》やかな方が楽しいもの」

「ライバルの登場かしら？　となれば、否応《いやおう》なく盛り上がるものねえ」

などなど、好き放題を言っている。僕としてはますます深い溜め息が漏れるわけで。

と、そんな他愛《たあい》ない言い争いのさなか、レッドキャップ隊の面々が騒然とし始めた。

「隊長、んなことやってる場合じゃないぜ！」

「む。隊長、撤退命令を」

「やばいって！　お巡りだ！　何台もパトカーが向かってきてる！」

「えっ？　で、でも、ゴミ袋をこのまま放《ほう》っておくわけには……」

「なに悠長なこと言ってんだ、隊長！　捕まるわけにはいかないだろッ！」

「くっ、しょうがない、総員逃げろーッ！」

どうするべきか迷っていたゴミ袋を放り出して、リトル・レッドフードは身を翻《ひるがえ》した。

レッドキャップ隊の面々もそれに続く。必死の逃走劇というよりは、何だか面白がっているように見える。

まったく……。

「リンドヴルム、どうしましょう？」

そんな状況下でも焦り一つ見せず、ラプンツェルが訊《き》いてきた。

「ううむ。我々ものんびりはしていられないが……確かにゴミを放置するのも」

僕らが顔を見合わせて思案しているところへ、奥様方が、

「大丈夫よ。あとは私たちがやっておくから」

「そうね。この公園、私たちが一番使ってるんだもの」

「しかし」

「いいからいいから、早く逃げないと面倒なんでしょ？　犯人隠避《いんぴ》とか」

「……申し訳ない。この埋め合わせは必ず」

「何言ってるの。娘の命を救ってもらってるんだから、こっちの方こそこの程度しかできなくて申し訳ないくらいよ」

「ほら、早く逃げなさい」

奥様方のお言葉に甘えて、僕らもその公園を飛び立った。

それにしても、奉仕活動をする一団を警察が追い回す、っていうのは何ともおかしな構図だよなあ。

「あの、嬉《うれ》しいですよね」

公園を飛び立って少しした頃《ころ》、僕の背でラプンツェルが言った。

「何がだ？」

「公園で言われたじゃないですか。早く世界征服してくれ、って」

「ああ、そのことか」

「はい！　俄然《がぜん》やる気が出てきました！　あの、頑張りましょうね、リンドヴルム」

いや、あんまりやる気は出さないでほしいんだけど。

「戦闘員も加わったことですし、作戦も立て甲斐《がい》がありますよ！」

戦闘員って……レッドキャップ隊のことか。本人たちが聞いたらなんて言うだろう。

ふと見れば、眼下ではその戦闘員たちの赤いワンボックスがパトカーの群れから逃げ回っていた。いや、より正確には逃げながらパトカーの群れをおちょくっていた、だろうか。

リトル・レッドフードが助手席の窓から身を乗り出して、はためくフードを右手で押さえながらパトカーに舌を出している。

あれ？　何か……ワンボックスが変形し始め……アレは翼か？　あ。飛んだ……。

……。

何やってんだドクターっ！　またあんな改造やらかしてッ！

僕が呆《あき》れている間に、レッドキャップ隊のワンボックスは高度を上げて、僕らのすぐ側《そば》までやってきた。まさか、こいつらと並んで飛ぶ日がくるとはね。

ラプンツェルが手を振った。レッドキャップ隊の面々も、車内から窓越しに手を振り返す。レッドフードは身を乗り出したまま笑って、ラプンツェルにというよりおそらく僕に向かって、ちょっと敬礼っぽく手を挙げた。

やれやれ。

二人で始めたはずの世界征服も、期せずして大所帯になったものだ。

しかし、友達はいた方がいいに決まっているし、仲間だって多い方がいいに決まっている。こんな愉快な連中とならば、きっと世界征服だってさぞかし楽しいに違いない。

ははっ。よーし、翼ある竜としては、どこまでだって飛んでやろうじゃないか！

今やホームグラウンドとなった青空の中、僕は上機嫌で含み笑いをしつつ、さらに速度を上げるべくもう一度大きく翼を羽ばたかせた。

あとがき

初めまして。このたびデビューさせて頂くことになりました、おかざき登《のぼる》と申します。今後ともよろしくお願いいたします。

さて、デビューなどと言いましても、受賞作がそのまんま出版されることなんか（たぶん）ないわけで、色々と手直しをするわけです。私の場合、「ありすをヒロインに昇格させること」と「ありすをもっと可愛《かわい》くすること」が最初の方針になりました。そう、最初はありすはただの噛《か》ませ犬だったのです。恋愛的に。

つまり、どういうわけか編集部の人たちは揃《そろ》いも揃ってありす派なのでした。えー。千紗《ちさ》の方がいいですって。いやまあ天然気味なのは確かにちょっとアレですけど。だいたい、胸なんか大きい方がいいに決まっているし、女の子はおしとやかな方がいいに決まっているのです。蹴《け》りを入れるなどもってのほか、私ならその時点でキレます。ええ、そうです。私がありすを噛ませ犬に設定したのは、こういうキャラが嫌いだからなのですよ！

しかし、私は新米のぺーぺーなわけで、しかも小心者なので、「いやです」とは言えません。ただひたすら「はい、わかりました！」と答えることしかできないのです。

直しが進んで「ありす、可愛いですねえ」と担当のSさんに言われても、「そうですか？」とか素っ気なく訊《き》き返しちゃって、「自分の彼女か娘だと思って、もっともっと愛情を込めて書いて下さい！」と怒られる始末でした。

　そして、ようやく直しが終わった頃《ころ》。高階《たかしな》先生がお描きになったキャラデザインを見せて頂きまして、最初に出た言葉は、

「ああっ⁉　あ、ありすが思った以上に可愛いんですけど、どういうことですかっ！」

　不覚にも、これは蹴られても文句は言えないなあ、と思ってしまいました。

……もしかしたら、今まで知らなかった自分を発見したかもしれません。ヴィジュアルの力って偉大です。

まあ、ありすがどんなに可愛かったところで、私が一番萌《も》えるのはリンドヴルムですけどね！　でっかいし、強いし、火ィ吐くし。二位は断然レッドキャップ隊。え？　ヒロイン？　ヒロインなんて飾りです。偉い人にはそれがわからんのです。

えーと、与太話《よた》はこのくらいにして、謝辞をば。

ありすのみならず他《ほか》のキャラたちも素敵に描いて下さった高階@聖人《まさと》先生、拙作を賞に推して下さった審査員の先生方、編集部のみなさま、特に色々とお手数をおかけしました担当のSさん、この本に関《かか》わって下さったすべての方々と――

　そして何より、この本を手に取って下さったあなたに。

　心より、御礼を申し上げます。

おかざき登

二人で始める世界征服

発行　2008年11月30日　初版第一刷発行

著者　おかざき登

発行人　三坂泰二

発行所　株式会社
メディアファクトリー
〒104-0061
東京都中央区銀座8-4-17
電話 0570-002-001
(カスタマーサポートセンター)

印刷・製本　株式会社廣済堂

ISBN 978-4-8401-2479-9 C0193

MF文庫J

ファンレター、作品のご感想は
あて先：〒150-0002 東京都渋谷区渋谷3-3-5 NBF渋谷イースト
メディアファクトリー　MF文庫J編集部気付
「おかざき登先生」係　「高階@聖人先生」係